JACQUES ATTALI

Der erste Tag nach mir

JACQUES ATTALI

Der erste Tag nach mir

Ein phantastischer Roman

Aus dem Französischen
von
Gerhard Meier

Herbig

Titel der französischen Originalausgabe:
Le premier jour après moi, erschienen bei
Librairie Arthème Fayard

Umschlaggestaltung: Kaselow Design, München
unter Verwendung eines Fotos der
IMAGE-BANK Bildagentur, München
Satz: FotoSatz Pfeifer, Gräfelfing
Gesetzt aus der Sabon
Druck und Binden: Graphische Großbetriebe Pößneck
– Ein Mohnbetrieb –
Printed in Germany
ISBN 3-7766-1801-9

Die Dämmerung braucht lange heute morgen. Schlecht fühle ich mich, schlecht. Ich liege auf dem Rücken – ganz gegen meine Gewohnheit – und versuche mich aufzurichten. Vergeblich. Meine Augen brennen. Schmerzhaftes Erwachen. Die Hände wie Greifer ins Betttuch gekrallt. Ein schwerer Regen hat mich aus dem Schlaf getrommelt. Ich schließe die Augen und warte, bis der Krampf sich löst, bis der Tag ... Wo bin ich? ... Gestern abend ...

Ich entspanne mich, lasse das Bettuch los. Mit der linken Hand taste ich im Bett umher, den Kopf kann ich nicht drehen: Sie ist nicht mehr da ... Wie spät es wohl ist? ... Mit der anderen Hand suche ich nach meiner Uhr, da rechts auf dem Nachttisch. Ich finde sie und halte sie mir mühsam vor die Augen. Es dauert lange, bis ich im Halbdunkel die Ziffern erkenne: Viertel nach sieben ... Zu früh zum Aufstehen! Versuche, noch zu schlafen.

Das Telefon klingelt. Nach langer Zeit hebe ich ab. Die Stimme meines Vaters aus dem Krankenhaus: Alles in Ordnung, ich soll mich nur ja nicht herbemühen ... Lüge! Ich habe auf ihn gehört und bin nicht hingeflogen ...
Schlafen. Erwachen.
Wieder dieser Traum! Wie oft noch? Wie oft werde ich noch von meinem Vater in seinem weißen, so fernen Zimmer träumen? Von meiner Abwesenheit. Von den Fragen über mich, die er den Krankenschwestern, den Ärzten unaufhörlich stellte, bis zum Todeskampf?
Erst bei meinem eigenen Tod werde ich nicht mehr von ihm träumen.
Der Wachzustand kommt voran, nistet sich ein. Es regnet jetzt noch stärker. Unten auf der Straße bremst ein Auto. Der Schlaf wird nicht mehr kommen. Ich will mich von ihm nicht mehr überfallen lassen. Habe zu sehr Angst, dann wieder diese Stimme zu hören, diese zu sanfte, zu echte Stimme.
Nicht an das denken, was mich erwartet, an diesen mühseligen Tag. Aufstehen, Kaffee kochen.
Ich stütze mich auf die Ellbogen. Fühle mich bleiern. Kopfschmerz lähmt mein Gehirn. Um

mich herum erahne ich das geräumige, behagliche Schlafzimmer. Im Halbdunkel zeichnen sich die beiden japanischen Vasen ab, die auf dem Beistelltisch vor dem Bett stehen; rechts neben der Tür das hohe Komantschen-Totem; auf der anderen Seite das große mexikanische Pferd aus Pappmaché. Links ein Wandschrank, der weit und finster offensteht wie eine Luke ins Nichts.
Am Fußende des Betts liegt das schwarze Kleid, das sie gestern abend trug: Also ist sie nach Hause gekommen. Sie hat hier geschlafen. Gehört habe ich sie zwar nicht, aber ich bin mir trotzdem sicher: Die Bettdecke ist auf ihrer Seite zurückgeschlagen.
Drüben auf dem großen Marmortisch am Fenster Papiere und Halstücher, ihre Tasche und ihre Schuhe. Sarah hat sich nie entscheiden können, ob dieses Möbelstück nun Frisierkommode oder Schreibtisch sein soll. Auf dem Sessel vor dem Tisch Jeans: ihre Jeans.
Um wieviel Uhr ist sie gestern abend nach Hause gekommen? Ich kann mich an gar nichts erinnern. Ich muß wohl vor ihrer Rückkehr eingeschlafen sein. Und heute morgen? Warum ist sie so früh fortgegangen? Was hat sie angezogen?

Plump lasse ich mich wieder auf den Rücken fallen, die Augen auf die Decke gerichtet. Eiskalter Schweiß. Lange Stille in der Wüste meines Gehirns. Unmöglich, einen klaren Gedanken zu fassen. Ranziger Geruch.
Wo ist sie nur wieder hin? Wird sie vor meiner Abreise zurückkommen?
Schlaf ohne Entspannung, graue Öde zwischen zwei Welten. Schnell sich daraus befreien, hin zum Licht! Wer hält mich zurück? Ach ja, die Schlaftabletten ...
Weg! ... Schlafen ...
Musik schallt los, eine dürftige, schmalzige Kapelle. José hat sie für uns ins Hotelrestaurant kommen lassen. Ich tanze mit Ihr, und Sie will gar nicht mehr aufhören. Als ich außer Atem bin, muß Sie lachen. Ich bin wohl nie so glücklich gewesen. Die Musik setzt aus, Sie aber tanzt weiter ...
Dunkelheit. Einsamkeit. Stille ... Erwachen.
Wie können die schlimmsten Albträume in vollkommenste Glücksträume übergehen? Schuldgefühle kommen auf: Ich hätte damals bei ihm sein sollen; ich sollte heute bei Ihr sein.
Noch schlafen. Es wird ein harter Tag. Zuerst unangenehm und dann unendlich lang: Sarah verlassen, ihr sagen, daß ich nie wieder hier-

herkommen werde; abreisen, nach Europa zurückfliegen, Sie wiedersehen, Sie. Es muß schnell geschehen. Ich habe nur allzulange gezögert. Mich befreien, schlagartig Schluß machen; wenn es sein muß, mit Gewalt, um jegliche Rückkehr unmöglich zu machen.
Ich werde es nicht können. Ich weiß, daß ich es nicht kann. Dazu würde nämlich eine Entschlußkraft gehören, die ich nie besessen habe, nie besitzen werde ...
Sarah nichts sagen. Ich habe sie zu sehr geliebt, als daß sie mir plötzlich gleichgültig werden könnte. Ganz einfach abwarten. Es der Zeit überlassen, ihre Liebe zu tilgen. Weder Wut noch Verzweiflung walten lassen. Einfach nicht mehr anrufen. Sie selbst wird es auch nicht tun: Sie haßt das Telefon. Wahrscheinlich hat sie auch schon begriffen. Vielleicht hat sie ja sogar schon beschlossen, es hinzunehmen, wenn ich sie verlasse. Die Art, wie sie mich gestern über den Tod meines Vaters befragt hat, läßt es mich vermuten ...
Wie hat sie nur sein Grab gefunden? Dazu hat sie monatelang auf der ganzen Welt recherchieren müssen. Vermutlich hat sie schon nach unserer ersten Begegnung damit angefangen. Aber wer hat sie auf die Fährte gesetzt? ...

Müdigkeit. Noch ein bißchen schlafen. Es wird nicht mehr gehen ... Wie spät jetzt? Wo ist meine Uhr? Mir wird allmählich bewußt, daß meine Finger sie noch immer umklammern. Ich hatte das Metall in meiner Hand schon gar nicht mehr gespürt. Unmöglich, den Kopf zu drehen. Ich führe die Hand vor die Augen. Dunkel. Mir kommt es vor, als sei das Tageslicht seit vorhin geschwunden. Als würde die gerade zu Ende gegangene Nacht schon wieder beginnen. Mit Mühe erkenne ich zuerst den großen, dann den kleinen Zeiger: erst zwanzig nach sieben.

Wie langsam die Zeit ist! Wie schwerfällig!

Die Uhr gleitet mir aus der Hand, fällt mir aufs Gesicht und rutscht dann unter die Bettdecke. Dabei habe ich den Griff gar nicht gelockert. Ich sehe zum Fenster hinüber. Hinter dem Rollo blinken Leuchtreklamen. Ich horche auf die Geräusche: Der Regen hat nachgelassen, klingt gedämpfter. Der ranzige Geruch hat sich verflüchtigt. Mein Kopf fühlt sich nicht mehr an, als stecke er in einem Schraubstock.

In der Ferne nehme ich etwas Fröhliches, Regelmäßiges wahr, wie das Bimmeln einer Glocke. Glocken so weit unten in East Side? Unmöglich. Noch nie eine Kirche gesehen hier

in der Gegend ... Jetzt die Sirene eines Streifenwagens: ein vertrauteres Geräusch, ein echteres auch; wie alles übrige hier: echt, weil künstlich. New York ist nichts weiter als eine Filmkulisse. Alles hier ist Attrappe: die Bretterzäune, die Leute, die Worte, die Gefühle. Alles außer den Stadtstreichern in der U-Bahn, dem Müll auf den Straßen, dem Egoismus der Reichen.
Ich fühle mich schlecht. Bedrückt. Brechreiz. Eiskalter Schweiß. Seltsames Schwindelgefühl im Liegen.
Warum bin ich gestern abend nicht ins Hotel zurück? Wir hatten uns nichts mehr zu sagen, Sarah und ich. Ich hätte sie schon vor Wochen verlassen sollen, hätte nach ihrem Wutanfall letzten Freitag in London gar nicht mehr kommen sollen. Dieser Hang, alles Fällige hinauszuzögern, alle Probleme vor mir herzuschieben, in der Hoffnung, daß die Zeit sie für mich erledigen wird.
Ich mag mich heute morgen nicht!
Aufstehen. Nur weg, so schnell wie möglich weg. Nichts wie hin zum Kennedy-Airport, ohne ihr auch nur eine Nachricht zu hinterlassen. Ich fühle mich leergepumpt, ausgelaugt. Zurück nach Europa. Wenn es mir auf dem Flug schlechtgeht, suche ich morgen in

Brüssel einen Arzt auf; darum wird Sie sich kümmern.
Hoffentlich holt Sie mich vom Flughafen ab. Sie wird da sein. Sie hat es mir gesagt. Sie ist immer da, vor allem dann, wenn ich gar nicht damit rechne. Wenn ich unversehens aus irgendeiner Ecke der Welt zurückkomme. Wie Sie es schafft, stets rechtzeitig Bescheid zu wissen, versuche ich schon gar nicht mehr herauszubekommen. Zwischen meinem Abflug und meiner Rückkehr scheint Sie in Roissy zu kampieren. Es sei denn, Sie belauscht die Gespräche meiner Sekretärinnen. Vermutlich ist es eher das: Sie verfügt über Beziehungen, die mir unbekannt sind.
Sie wird da sein, auch wenn Sie weiß, woher ich komme. Am Ende des Laufbands werde ich Ihre ernste, zerbrechliche Gestalt schon erblicken. Sie wird hinter der automatischen Tür in der ersten Reihe stehen, wird mir entgegenlaufen und mich umarmen. Gemeinsam werden wir dann wortlos auf mein Gepäck warten. Wir werden zu meinem Wagen gehen, und Sie wird sich wie immer nach hinten setzen. Dann werden wir in Richtung Brüssel fahren, ohne New York auch nur mit einem Wort zu erwähnen.

Wir werden überhaupt nicht mehr davon sprechen. Es wird sein, als sei ich nie dortgewesen. Ohne daß ich Ihr etwas sagen muß, wird Sie begreifen, daß zwischen Sarah und mir Schluß ist. Sie wird mich fragen, ob ich bald wieder wegmuß. Ich werde darauf schweigen. Etwas später wird Sie fragen: «Du verbringst doch wenigstens diesen Sonntag mit mir? Ich bin nämlich ganz allein.» Genüßlich langsam, um Ihre Überraschung auszukosten, werde ich Ihr dann verkünden, daß ich beschlossen habe, den Dienst bei der Kommission zu quittieren, wieder nach Rouen zurückzukehren und in den nächsten zwei Jahren die vor so langer Zeit begonnene Biografie über Nicolas de Staël fertigzuschreiben. Daß ich außerdem nie mehr ohne Sie verreisen werde. Wenn Sie wolle. Ich werde leise reden, ohne Nachdruck und ohne Überschwenglichkeit, und im Rückspiegel werde ich auf Ihre Reaktion lauern. Sie wird mir zulächeln. Dann wird Sie nicken, ohne irgendeine Erklärung zu verlangen, mit dieser verhaltenen Zärtlichkeit, bei der ich stets dahinschmelze. Sie wird den Blick ein wenig senken; nur Ihre Augen werden noch lächeln. Ich werde Ihr sagen, daß Machtausübung entschieden nichts für mich ist; daß man dabei zuviel Kleines sieht, was einem

schließlich groß erscheint; daß man zu viele Grausamkeiten sieht, die einem schließlich Spaß machen. Ich werde Ihr von meiner Rückkehr an die Universität erzählen: zuerst in Rouen, wie früher; und eines Tages werde das Ganze dann auf eine Stelle an der Sorbonne hinauslaufen. Es sei denn, Sie wünsche mit mir auf irgendeinem Campus in Amerika zu leben?
Sie wird laut loslachen, mit die Arme um den Hals schlingen und sagen: «Ich liebe dich.»
Dann werde ich «*jenseits aller Möglichkeit der Besorgnis*» sein ... Ach, dieser Satz, den Nicolas de Staël nach dem Tod seiner Frau geschrieben hat ... Nie werde ich zum Ausdruck des Unsagbaren so einfache Worte finden ... In meinem Buch werde ich aufzeigen, daß er ein großer Schriftsteller hätte sein können, wenn nicht ein innerer Anspruch, irgendein unheilbares Leid, aus ihm einen großen Maler gemacht hätte.
Es wird dann für uns ein anderes Leben beginnen, in einer anderen Welt. Ich werde reingewaschen sein von diesen absurden Monaten und Jahren.
Jegliches Ende ist ein Anfang ...
Vom Zifferblatt der ins Bett gerutschten Uhr lese ich ab, wie spät es ist: sieben Uhr vierzig.

Ich sollte auf der Stelle gehen, mein Gepäck aus dem Hotel holen und New York verlassen, ohne Sarah noch einmal wiederzusehen.
Zu feige? Zu müde auch, um zu so früher Stunde in den Regen hinauszugehen. Noch ein wenig warten. Der Tag wird lang sein.
Das Gewitter ist noch heftiger geworden und übertönt den Straßenlärm sieben Stockwerke unter mir.
Sonst mag ich es eigentlich, wenn ein Morgen sich so hinzieht, wenn man seinen Dämmerzustand nie ganz verfliegen und die Zeit ein wenig zappeln läßt. Heute dagegen ist mir das unerträglich. Ich habe Angst vor dem, was mich beim Aufwachen erwartet, aber genauso davor, wieder einzuschlafen und wieder das Telefon zu hören: meinen Vater ...
Leiden. Sehnsucht. Als drohte dieser Schlaf der letzte zu sein ...
Warum geht mir dieser Gedanke durch den Kopf?
Schlafen ... Erwachen ...
Ich taste nach der Uhr ... So weit weg ... So anstrengend ... Acht Uhr. Unbedingt aufstehen ... Spät ... So mühsam!
Das Gefühl, einen Kater zu haben – *la cruda*, sagen die Mexikaner – dabei habe ich gestern

abend gar nichts getrunken ... Der Kopf ist leer und schwer zugleich. Als verfolge mich ein furchtbarer Traum bis in die Wirklichkeit, als wolle er nicht zurück in sein Reich!
Ein Traum? Ja, es war nur ein Traum. Wieder einer. Ein gräßlicher, lächerlicher diesmal. Vondespues war da. Sie auch. (Unsinn! Sie hat ihn nie kennengelernt!) Wir waren in seinem Büro. Er saß auf einem der niedrigen Sessel, die er nie benutzt. Ich stand mit herabhängenden Armen vor ihm. Er sprach mit mir von oben herab, als wolle er mich in Ihrer Gegenwart demütigen. Unfähig zu reagieren, nicht einmal überrascht, daß Sie da war, nichts als beschämt, daß Sie der Szene beiwohnte ...
Ich ertrage diesen Mann nicht mehr, ich hasse ihn, weil er mich so weit gebracht hat, daß ich mich nicht mehr im Spiegel ansehen kann.
Unmöglicher Traum. Dabei aber viel wirklicher als dieses Bett, dieses Schlafzimmer. Erstaunliche Präsenz Ihres Bildes ... Wie sehr Sie mir fehlt!
Ich werde jetzt aufstehen, ich muß. Übermenschliche Anstrengung ... Unmöglich, die Bettdecke zurückzuschlagen. Noch ein Versuch! ... Ans Bett gefesselt, hole ich Atem. Flüchtiger Schein vom Fenster her offenbart die Bilder an

der Wand. Sie mit ihrer indianischen Malerei ... Mittags wird es nicht heller sein. New York verbringt den Dezember im Dämmerlicht. Um mich herum gedämpfte Stille. Überhaupt kein Geräusch, weder im Schlafzimmer noch im Bad, noch in dem großen Speicher nebenan, in dem Sarah Tische und Zeichenbretter abgestellt hat.

Endlich reiße ich mich los. Schmerzhaft, als sei ein Teil meiner Haut klebengeblieben. Im Sitzen warte ich ein wenig, bis das Schwindelgefühl aufhört. Ich muß unbedingt aufstehen. Langsam richte ich mich auf, schwanke. Wieder das Schwindeln.

Mit zittrigen Beinen und dumpfem Kopf gehe ich auf die Speichertür zu: Sie ist halb geöffnet. Ich stecke den Kopf hinein: niemand. Weder Sarah noch Max. Auch keiner der andern. Vielleicht ist sie in der Küche? Nein, sie ist wohl aus dem Haus gegangen. Sie hätte doch heute morgen hierbleiben können oder mir wenigstens sagen, daß sie weggeht!

Ich kehre um, lehne mich kurz mit einer Hand gegen die schwere indianische Säule, schließe die Doppeltür und werfe einen Blick auf den Marmortisch. Kein Brief in dem Körbchen, in dem wir unsere Nachrichten auszutauschen pflegen. Warum hat sie sich schon in aller Frühe davongemacht? Hat sie etwa beschlossen, mir zuvorzukommen? Hat sie geahnt, daß ich mich von ihr gelöst habe, daß ich nicht mehr gewillt bin, in ihren Augen zu ertrinken?

«Ed il naufragar m'è dolce in questo mare ...»

Wie süß mir in diesem Meer ein Schiffbruch ist ... Eines Wintermorgens war mir dieser Vers von Leopardi wieder ins Gedächtnis geschossen, als jene Blondine mit den widerspenstigen Haaren, den funkelnden Augen, den Jeans mit den kunstvollen Rissen und der braven schwarzen Seidenbluse ins Flugzeug gestiegen war. Die Stewardeß hatte ihr den Sitz neben mir zugewiesen; es war der Flug Denver-New York, und wir befanden uns im vorderen Teil der Business Class. Ihre Füße hatte sie auf eine große gelbe Leinentasche gestellt. Aus der Tasche des grauen Regenmantels, der über ihren Knien lag, stand ein Buch heraus – Gedichte von T.S. Eliot. Kurz vor dem Start hatte sie lächelnd abgelehnt, als die Stewardeß ihr einen anderen Platz etwas weiter weg angeboten hatte.

Sehr bald schon wußte ich alles über sie: Sie kam wie ich aus Aspen. Sie war mir nicht aufgefallen in der kleinen Maschine, die bei Tagesanbruch zwischen den Bergen gestartet war. Vielleicht war sie schon am Tag zuvor mit dem Auto hinuntergefahren? Ich hatte gerade ein Referat über den Zustand der Wissenschaft in Europa gehalten, und zwar vor Führungskräften, die sich ein Seminar lang als Intellektuelle gefielen, um zu vergessen, daß sie in der Praxis meist nur vor sich hinwurstelten. Bedeutungslos. Für mich eine gute Gelegenheit, um Brüssel zu vergessen.

Und sie? Sie hatte gerade auf dem Friedhof von Aspen ihren Vater begraben ... Diese paar Worte brachte sie mit schier begnadeter Schlichtheit vor, als seien sie der Abschluß eines langen Bekenntnisses. Später begriff ich, daß sich hinter dieser Art Ungerührtheit eine Panik verbarg, eine obszöne Verletzlichkeit.

Ohne irgendeine Frage abzuwarten – die ohnehin nicht gekommen wäre –, erzählte sie mir von ihrem Vater: Der deutsche Arzt war als Jude und Kommunist kurz vor dem Krieg vor den Nazis geflohen und hatte sich in Amerika niedergelassen, nachdem ihm die französische Staatsangehörigkeit verweigert worden war. Er war erst Trödler geworden, dann Händler, anschließend Bankier in New York, bis er Ende der fünfziger Jahre trunken vor Geld und Einsamkeit alles aufgegeben hatte und nach Aspen gezogen war, um einen kleinen, verwahrlosten Gasthof in das erlesenste, teuerste Luxushotel des Kontinents zu verwandeln. Ich kannte das *Rebecca*, weil ich am Vorabend dort gegessen hatte. Ein Ort voller Charme und Raffinement am Fuße der Skipisten. Nichts am tadellosen Auftreten der Ober hatte ahnen lassen, daß der Besitzer des Etablissements am Nachmittag des gleichen Tages beerdigt worden war.

Ich weiß noch immer nicht, warum sie mir dann die Bestattung ihres Vaters im Detail erzählt hat. An dem Tag war strahlendes Wetter. Ihre schon zuvor von der Verschlimmerung der Krankheit informierte Schwester hatte sich tags zuvor eingefunden. Ihre Mutter hatte nicht rechtzeitig benachrichtigt werden können. Am Morgen war die Meldung im Aspener Lokalblatt erschienen. Sarah hatte zugesehen, wie die Freunde sich allmählich in langer Reihe zum Kondolieren aufstellten. Von Herrschern, ehemaligen Präsidenten der Vereinigten Staaten und europäischen Premierministern waren zahlreiche Telegramme eingetroffen und ostentativ auf der Bartheke deponiert worden. Man hatte das Hotel nicht geschlossen. Für alle Trauergäste hatte Sarah ein vorzügliches Essen gegeben. Am Nachmittag auf dem Friedhof war es dann beinahe fröhlich zugegangen; Musiker aus Denver hatten das von ihrem Vater über alles geliebte vierzehnte Streichquartett von Beethoven gespielt. Es war alles so reibungslos abgelaufen, daß viele glaubten, Sarah habe lediglich den letzten Willen ihres Vaters erfüllt. Das Testament, mit dem ihr das Hotel vermacht wurde, enthielt jedoch keinerlei diesbezügliche Verfügung. Sie selbst hatte alles so haben wollen. Am Abend hatte sie dann in ihrem Zimmer zu Abend gegessen, während ich unten im großen Speisesaal saß, ohne das geringste zu ahnen.

Etwas später sprach sie lange von dem Hotel, in dem sich ihre Kindheit abgespielt hatte und das ihr nunmehr gehörte. Was sie damit anzufangen gedenke? Das habe sie noch nicht entschieden; jedenfalls sei ihr auch nicht einen Augenblick in den Sinn gekommen, es zu verkaufen. Wer sich dann darum kümmern werde? Ihre Mutter? Nein, die ganz gewiß nicht. Ihre Eltern hätten seit langem getrennt gelebt. Für das Hotel habe ihre Mutter auch nie Interesse gezeigt. Wo sie lebe? In Rom. Allein? Nein, mit einer ihrer Töchter, Rebecca. Rebecca? Ja, ihr Vater habe das Hotel nach seiner jüngeren Tochter benannt. Diese reise hin und wieder von Rom aus einem berühmten Cellisten dorthin nach, wo dieser sich gerade auf Tournee befinde. Sie haben auch einen Bruder, der in Aspen lebe, sich aber für das Hotel in keiner Hinsicht interessiere oder sich vielmehr nicht mehr darum kümmere. Warum? Schweigen.

Kurz vor der Landung vertiefte sie sich in die Gedichte von T.S. Eliot. Ich begann im Manuskript meines Buches über Nicolas de Staël herumzublättern. Sie warf einen Blick darauf. Stellte mir Fragen dazu; den Meister von Antibes kenne sie gut. Sie habe mit Malerei nämlich beruflich zu tun. Darüber versuchte ich mehr zu erfahren, doch sie antwortete ausweichend. Über meine Arbeit oder mein Leben forschte sie mich nicht im mindesten aus. Dabei fühlte ich, daß sie sich innerlich durchaus Fragen stellte. Mit kühler, scheuer Diskretion. So, wie sich noch selten jemand für mich interessiert hatte.

Ich war glücklich wie seit Jahren nicht mehr und hatte meine Gründe dafür.
Während der Landung suchte ich krampfhaft nach einem Vorwand, sie wiedersehen zu können, ohne mir einen Korb zu holen. Ich ärgerte mich gerade, daß mir nichts einfiel, als sie hinter dem Zoll plötzlich mit allergrößter Selbstverständlichkeit fragte: «Essen wir zusammen zu Abend?» Ich sagte zu, ließ die Buchung für den Abendflug nach Paris annullieren und verschob die Termine, die ich am folgenden Tag in Brüssel gehabt hätte. Sie brachte mich zu einem reizenden Hotel in der Houston Street, in der Nähe ihrer Wohnung. «Um sieben Uhr treffen wir uns», bestimmte Sarah, bevor sie wegging.
Sogleich teilte ich Ihr telefonisch mit, daß mir etwas dazwischengekommen sei und ich erst später zurückfliegen würde. Nie zuvor war mir eine Lüge so leicht gefallen.
Gemeinsam den Broadway hinunterschlendern. Entzücken: Sie wußte überall Bescheid, wo sich etwas tat. Malerei, Tanz, Film, Musik. Ihr Beruf? Sie leitete eine kleine Agentur, die Mäzene aus der Industrie auf junge Maler aufmerksam machte. Wir sprachen nochmals über Nicolas de Staël. Sie äußerte sich sehr

feinfühlig über *Das große Konzert*, das Bild, das ihn bis kurz vor seinem Selbstmord beschäftigt hatte: Was hatte ihn an jenem Tag bewogen, in Paris zu einem Boulez-Konzert zu gehen? Warum dieser rote Hintergrund, dieser große, angedeutete Kontrabaß? Was hatte ihn mitten in der Arbeit an einem von Größe und Ausstrahlung her so ungeheuren Gemälde zweimal zu einem Selbstmordversuch getrieben?
Immer wieder kam sie auf ihren Vater zurück, auf seinen langen Todeskampf, dem sie als einzige beigewohnt hatte. Sie sprach darüber mit verhaltenem, erschreckend kaltem Schmerz; wie ein Schneebrett, das jeden Augenblick in eine Lawine ausarten kann. Es war, als sei er noch immer da, der aufmerksame Gefährte unüberwindlicher Einsamkeit. Ich fühlte, daß sie zwar mit mir, aber eigentlich zu ihm sprach. Dieser Gedanke behagte mir nicht. Desgleichen mißfiel mir, daß sie mich damit, ohne es zu wissen, an mein eigenes Fernbleiben vom Sterbebett meines Vaters erinnerte.
Um auf die Bitterkeit ihrer Worte und die Trauer in ihrem Blick zu antworten, zitierte ich aus dem Brief, den Nicolas de Staël kurz nach dem Tod Janines an deren Mutter geschrieben

hatte: «*Ich danke Ihnen, daß Sie einem Menschen das Leben geschenkt haben, der mir so viel gegeben hat und noch jeden Tag gibt. Sorgen Sie sich nicht um ihre Kinder; sie sind beide jenseits Ihrer Möglichkeiten der Besorgnis ...*»
Dieser letzte Satz hatte sie erschüttert. Wie auch mich. Sie sagte: «Es wäre schön, wenn ein Mann das auch über mich schreiben würde, wenn ich einmal sterbe ... Aber ich habe keine Kinder ...» Ich versprach, ihr den Band mit seinen Briefen zu schicken.
Als sie mich spät in der Nacht zu meinem Hotel zurückfuhr, fragte sie mich über meine Kindheit aus. Ich gab einige banale Erinnerungen zum besten, über die ich sonst wenig sprach: Sonne, Meer. Dann aber, sei es nun, um sie noch nicht gehen zu lassen, oder auch, um hinter ihren eigenen Bekenntnissen nicht zurückzustehen, erzählte ich vom Tod meines Vaters. Allerdings – ich weiß auch nicht warum – nicht genauso, wie er sich tatsächlich zugetragen hatte ... Diese Geschichte mit dem Flugzeug, das in einen Wirbelsturm gerät und an einem Strand auf Bali abstürzt, verwirrte sie. Es versetzte sie in sanftes Erstaunen, daß die Suche nach den Leichen einiger Passagiere

aufgegeben worden sein sollte. Wozu habe ich dieses Märchen erfunden? Was hatte es für einen Sinn, eine Wahrheit zu verschweigen, deren ich mich nicht wirklich zu schämen brauchte? Es bringt dem Schmerz nichts ein, sich interessant zu machen.

Aber das sieht mir ähnlich: die Wahrheit so lange hinausschieben, bis sie unerträglich ist, und dann den Lauf der Worte umleiten, um sie nie sagen zu müssen.

Ich fühlte mich unbehaglich und ließ sie in der Hotelhalle stehen, ohne ein Lächeln, ohne irgendeine Geste, ja sogar ohne mich wieder mit ihr zu verabreden. Bestimmt sah sie noch lange zu mir hin, während ich auf den Aufzug wartete.

Am nächsten Morgen flog ich nach Paris zurück. Vom Kennedy-Airport versuchte ich zehnmal, sie anzurufen, sogar noch in der Abflughalle. Dann von Berlaimont aus. Vergeblich.

Generaldirektor für wissenschaftliche Angelegenheiten bei der Europäischen Gemeinschaft, an der Spitze einer Hierarchie, von der ich nichts mehr zu erwarten habe: In solcher Stellung sieht man um sich herum nur noch Abgründe, hört man nur noch das Keuchen

jener, die noch ein paar Meter erklimmen müssen, bis sie einen erreicht haben.
Das war vor einem halben Jahr, zu Beginn eines verregneten Maimonats. Einige Tage später rief sie mich in meinem Büro an. Ich kehrte nach New York zurück. Wir schliefen miteinander. Ich vernachlässigte meine Arbeit, sie die ihre. Es war wie ein herrlicher Traum, von dem ich mir einzureden versuchte, er sei nicht von Bedeutung. Den Sommer über flog ich zu ihr, sooft es nur ging. Sie nahm mich nach Aspen mit, nach Mexiko. Wir trafen uns in Rom. Nie in Paris oder in Brüssel: Sarah hütete sich, zu Ihr zu kommen; sie respektierte jenes Revier, zu dem ich ihr ohnehin den Zutritt verwehrt hätte.
Ich wußte durchaus, daß all das nicht lange andauern würde. Den Gedanken daran aber verdrängte ich. Manchmal sagte ich mir, daß diese Leidenschaft wohl die letzte meines Lebens sein würde.
Gegen Ende des Sommers, als Brüssel aus seiner Schläfrigkeit erwachte, setzte in den Büros ein Säuseln ein, das meinem häufigen Fehlen galt. Man vernachlässigt nicht die Obhut über Hunderte von Menschen und Tausende von Forschungsaufträgen, ohne Ver-

wunderung zu erregen; man sagt nicht die Termine Dutzender auf der Durchreise befindlicher Minister und Staatssekretäre ab, ohne zu verärgern; und man läßt sich nicht auf fünf Ministerratssitzungen hintereinander vertreten, ohne zu schockieren, vor allem nicht auf der Jahressitzung, bei der die Strategie meiner Generaldirektion unter die Lupe genommen werden sollte. Meine Stellvertreter begannen sich Sorgen zu machen; selbst die, die auf meinen Posten aus waren. Nur die Kommissare beklagten sich kaum über meine Abwesenheit, waren sie doch überglücklich, an meiner Stelle Entscheidungen zu treffen: Politiker spielen liebend gerne mit Streichhölzern, wenn sie die Gewißheit haben, daß sie sich nicht brennen werden.

Schon gegen Ende des Frühjahrs hatte Sie die Wahrheit geahnt. Ohne ein Wort, ohne irgendeine Bemerkung, ohne Fragen zu stellen oder mir ein Geständnis entlocken zu wollen, hatte Sie begriffen. Und akzeptiert: Sie faßte das Ganze als eine vorübergehende Laune auf. Ihre Zärtlichkeit wurde durch nichts beeinträchtigt; angesichts Ihres Gleichmutes war ich nicht verärgert, sondern beruhigt. Seit dem Tod Ihrer Mutter drei Jahre zuvor war Sie sanfter geworden, nachsichtiger sogar. Ihre Leidenschaft für mich war nun weniger anspruchsvoll, weniger ausschließlich. Darüber freute ich mich manchmal; bisweilen aber beunruhigte es mich, und diese an Gleichgültigkeit grenzende Liebenswürdigkeit machte mich eifersüchtig.

Wenn wir mit Freunden zusammen waren, sagte Sie manchmal in harmlosem Tonfall, Sie werde einmal an meiner Seite alt werden und nichts werde uns je trennen können. Wenn wir alleine waren, kam Ihr so etwas nie über die Lippen. An der Art aber, wie sie mich vom Flughafen abholte – oder manchmal stundenlang vor dem düsteren Eingang von Berlaimont auf mich wartete –, las ich ab, welch panische Angst Sie hatte, mich zu verlieren. Je mehr Sie mich scherzend vom Gegenteil zu überzeugen suchte, um so unfähiger fühlte ich mich, Sie zu beruhigen.

An den Abenden, die ich in Brüssel verbrachte, saßen wir zusammen in dem großen, leeren Wohnzimmer, in dem sich meine Bücher und Platten durcheinander stapelten, und hörten Musik, lasen oder plauderten. Seit Sie vor sechzehn Jahren in mein Leben getreten war, hatte ich mich noch nie in Ihrer Gesellschaft gelang-

weilt. Bei Ihr gab alles Anlaß zum Lachen oder zum Weinen, gleichgültig war nichts: Was bei Ihr Empörung, Begeisterung, Neugier auslöste, davon nährte sich unser Gespräch.
Nie fehlt mir Sarah in Ihrer Gegenwart. Gleich werde ich Sie wiedersehen. Und Sie nie wieder verlassen.

Ich muß mich beeilen, mich anziehen, muß so schnell wie möglich hier weg.
Ich schleppe mich durch das Schlafzimmer auf das Bad zu. Immer noch so schwerfällig, so unwohl. Ich erreiche die Tür, lehne mich an den Rahmen, bleibe ein wenig stehen und verschnaufe. Ich triefe von Schweiß. Es geht mir wirklich nicht gut. Der Flug jetzt gleich wird mühsam sein. Aber was soll's, verschieben werde ich ihn um nichts auf der Welt.
Als ich im Bad bin, wanke ich auf die Dusche zu. Nichts bringt einen schneller wieder auf den Damm als eine Dusche. Dann werde ich mich anziehen, und niemand wird mich mehr zurückhalten können. Sollte Sarah zurückkommen, bevor ich weggehe, dann werde ich ihr verkünden, daß zwischen uns alles aus ist, daß nichts mehr einen Sinn hat, daß wir das Beste an unserer Romanze schon ausgekostet

haben. Daß zwischen einem zweiundfünfzigjährigen Mann und einer achtundzwanzigjährigen Frau kein Platz für irgend etwas ist. Nicht einmal für eine anständige Trennungsszene. Das werde ich ihr ins Gesicht sagen, aus gewisser Entfernung heraus, mit ruhiger Stimme. Doch wird das genügen? ... Wie soll ich ein Abgleiten ins Lächerliche vermeiden? Wie ihr verheimlichen, daß ich bei ihr eine Lust gesucht habe, die schließlich zu Leiden und Angst verkommen ist; daß ich in mir einen Kontinent entdeckt habe, der mich erschreckt; daß sie mir bestimmt fehlen wird, daß ich es aber satt habe, mich selbst zu belügen? Ich werde leugnen, sie je geliebt zu haben, werde lauthals sagen, daß es mir nicht mehr genügt, ihr meine Liebe gerne zu beteuern, um auch wirklich daran zu glauben ...
Ach woher, nichts von alledem werde ich tun! Kann es gar nicht. Überhaupt habe ich nie einer Frau, die ich verlassen habe, irgendwelche Erklärungen abgegeben. Wieder einmal werde ich mich für die Flucht entscheiden: Lieber armselig erscheinen als zynisch.
Dabei laufe ich gar nicht vor Sarah weg. Sondern vor mir. Wie üblich. Daß ich allen,

die mich lieben, letzten Endes entkomme, geschieht aus der Angst heraus, ihnen Zugang zu meiner Wahrheit zu gewähren.

Wie tief ich heute in mich selber blicke! Von der Selbstkritik zur Selbstgeißelung ... Wenn ich jetzt schon anfange, mich bei mir selbst über meine eigenen Schandtaten zu beklagen ... Daß ich es nur nicht zu weit treibe! Wahrscheinlich enthemmt mich die Müdigkeit.
Mit fahrigen Roboterbewegungen gehe ich durch das große Badezimmer. Auf einem der Waschbecken liegt ihre Zahnbürste, daneben die aufgeschraubte Zahnpastatube; unter einem Hocker ihre Abendschuhe: Sarah hat also hier geschlafen. Und muß sehr früh wieder aus dem Haus gegangen sein.
Was hat sich nur gestern abend ereignet? ...
Jetzt fällt es mir wieder ein.
Am späten Nachmittag hat sie mir charmant lächelnd mitgeteilt, sie werde zu einer Vernissage gehen und früh zurückkommen, versprochen. Sie hat mir vorgeschlagen, in ihrer Wohnung auf sie zu warten. Nur ja zu warten. Nicht einzuschlafen, bevor sie heimkehre ... Schon wieder eine Vernissage! ... Gedankenlos

nickte ich, unfähig, irgend etwas abzulehnen, ganz schockiert noch von dem, was sie gerade über meinen Vater gesagt hatte. Bestimmt hatte sie die Wahrheit erraten ... Dann lief ich in der Stadt herum und aß mit Antoine zu Abend, im *Chez Rémy*. Ich mag dieses italienische Restaurant in der Neunundsiebzigsten Straße, diese Quintessenz von New York: alles ist dort künstlich: das Essen, die Innenausstattung, die Bedienung, die Gäste. Als ich kurz nach zehn in die Houston Street zurückkam, war ich nur mäßig überrascht, sie nicht anzutreffen: Sie muß sich einfach immer bis zum Morgengrauen herumtreiben.

Dann sagte ich mir, daß das auch sein Gutes habe, daß es mir lieber sei, sie nicht zu sehen, und daß sie selbst das wohl auch begriffen habe.

Schlafen, bevor sie nach Hause kommt. Herrliche Stille in der Einsamkeit. Ein Gefühl seltener Freiheit, fern von allem. Unerreichbar dahintreibender Nomade ...

Ein vor langer Zeit gelesenes persisches Gedicht kam mir in den Sinn:

Mir flüsterte des Nachts eine Stimme ins Ohr:
«Nie flüstert einem des Nachts eine Stimme ins Ohr.»

In jener Nacht hat keine Stimme mir ins Ohr geflüstert.
Allmählich begann Sarah mir zu fehlen. Ich hatte Lust, ihre Stimme zu hören; mit ihr zu schlafen; mich aufs neue von ihr bezaubern, von ihr zurückhalten zu lassen. Daß sie mich liebt, gefällt mir. Daß ich sie liebe, nicht.
Gegen elf Uhr schlug das Pendel in die andere Richtung aus: Da wollte ich mit Ihr telefonieren, über den Ozean hinweg. Doch widerstand ich der Versuchung: Nie zuvor hatte ich Sie von Sarah aus angerufen; also würde ich auch an jenem Abend nicht damit anfangen! Und was hätte ich Ihr auch sagen sollen? Sicher wartete Sie auf mich, aber anrufen würde ich Sie nicht.
Ich legte zwei Schlaftabletten auf den Nachttisch. Zwei kleine grellgrüne Oliven, die Faruk mir besorgt, seit der Schlaf mich flieht. Gegen Viertel nach elf schluckte ich eine davon. So würde ich also einschlafen, ohne Sarah gesehen zu haben, aber sie würde schon verstehen; ihr war nicht unbekannt, daß ich etwas einnahm, um die Schlaflosigkeit zu vertreiben. Es würde also keiner letzten Lüge bedürfen ...
Ich rief Sie an ... Dann sackte ich weg in tiefen Schlaf. Dem erstbesten Albtraum ausgelie-

fert ... Wachte wieder auf; die Tablette hatte nicht ausgereicht: oft brauche ich zwei, manchmal sogar drei, um über die Nacht zu kommen.
Ich blickte auf das Zifferblatt meiner Uhr: zehn vor zwei.
Sogar nach dem Datum sah ich: der 13. Der dreizehnte Dezember. Ich mag diese Zahl nicht, noch weniger aber behagt mir der Gedanke, nicht weniger abergläubisch zu sein als die andern ... Ich suchte Sarah neben mir. Sie war noch nicht zu Hause. So spät ... Ich tastete nach der zweiten Tablette und schluckte sie. Schwerer Schlaf bis heute morgen.
Ich musterte mich im Badezimmerspiegel, ohne mich zu erkennen: bleich, abwesend, als sei ich nicht bei mir. So fern ... Diese Schlaftabletten werde ich nicht mehr nehmen, sie bekommen mir nicht. Eine Dusche, und dann geht es mir wieder besser.
In der Ferne schlägt eine Tür zu. Der Eingang zum Speicher? Ja, gedämpfte, bald schon näherkommende Stimmen ... Ich glaube die Stimme von Sarah zu erkennen, dann die von Max, vielleicht auch die von Frances. Endlich! Sie lachen schallend. Seltsame Töne, dumpf

und präzise, entfernt und unmittelbar zugleich.

Ich zittere. Sie ist zurück! Mit ihr sprechen oder nicht? Sie auf jeden Fall sehen. Bestimmt leiden.

Wie jeden Morgen werden Max und Frances in die Küche gehen und Kaffee kochen. Sarah wird in ihr Zimmer gehen. Ja, da kommt sie schon ... Ich höre, wie sie die Doppeltür aufmacht. Das kann nur sie sein. Ich bleibe im Schutz des Badezimmers, mit dem Rücken zur Wand und geschlossenen Augen, auf unsicheren Beinen. Ich habe nicht die geringste Lust, sie zu sehen. Vor allem nicht in einem ockerfarbenen Jogginganzug, der mir nicht gehört, barfuß, schlecht rasiert, mit struppigem Haar. Sie geht in das Zimmer. Gleich wird ihre laute, lebhafte Stimme ertönen.

«Chris? Chris! Bist du wach?»

Wie fern das jetzt klingt! Wie durch Meeresnebel hindurch ... Liegt es daran, daß sie flüstert, oder höre ich etwa schlecht?

Sie fragt weiter: «Chris, schläfst du?»

Warum nennt sie mich schon wieder so? Sie weiß doch, daß ich diesen Vornamen hasse, mit dem sie mich bedacht hat, weil der meine angeblich nicht zu mir paßt!

Da ich keine Antwort gebe – die Worte wollen mir nicht aus der Kehle heraus –, redet sie mit ernsterer, seltsam angespannter Stimme weiter.
«Chris? Wach auf!»
Aber das ist doch absurd! Warum sagt sie das? Meint sie wirklich, daß ich schlafe? Sie muß doch sehen, daß das Bett leer ist, daß ich nicht drinliege! Ich tue einen Schritt nach vorn und stecke den Kopf durch den Türspalt.
Da sehe ich, wie sie über das Bett gebeugt ist ... und ich darin schlafe!
Ich lehne mich an den Türrahmen; mich durchfährt ein eiskalter Schauer, ich bringe kein Wort heraus.
Ich sehe ihn ganz deutlich auf dem Bett liegen; er trägt den gleichen Jogginganzug wie ich, seine Arme liegen am Körper an, das Bett ist zerwühlt. Sein Gesicht erkenne ich nicht genau. Aber ähnlich sieht er mir ganz zweifellos. Höchstens ein wenig älter ist er, schlaff und grau, die Augen hat er geschlossen. Er schläft.
Das ist doch nicht möglich! Dieser Widersinn wird sich verflüchtigen, und zwar auf der Stelle. Das ist nur wieder ein Traum. Um wach zu werden, schreie ich.

«Sarah, ich bin hier! Ich schlafe nicht! Wer ist denn der Kerl da? Wenn das ein Scherz sein soll, dann finde ich ihn wirklich nicht komisch!»
Ich höre mich nicht, und sie mich auch nicht. Sie steht noch immer mit dem Rücken zu mir da und ist über das Bett gebeugt. Ich sehe deutlich die Falten ihres grauen Kostüms. Ich gehe näher zu ihr hin und bemühe mich, lauter zu schreien.
«Sarah! Sieh mich an, ich bin hier! Hinter dir!»
Meine Stimme ist wie in Watte gewickelt. Sarah dreht sich nicht um. Tut sie etwa nur so, als ob sie mich nicht hörte? Über das Bett geneigt, fühlt sie dem daliegenden Mann den Puls und sagt dann leise (aber zu wem?): «Er ist tot.»
Jetzt wird's mir aber zu bunt! Ich packe sie am Arm und drücke fest zu. Vergeblich: als ob ich durch sie hindurchfaßte, oder vielmehr nein, nicht genau ... Jetzt begreife ich gar nichts mehr. Ich brülle sie an.
«Sarah! Hör auf mit diesem Theater, ich bin hier! Sieh mich an! Ich bin hier und rede mit dir ... Was spielst du denn da für ein Spiel?»
Sie hört nichts, sieht nichts, fühlt nichts. Sie betrachtet noch immer den Mann – den

Leichnam? –, der auf dem Bett liegt. Sie wirkt verstört.
Für sie existiere ich schon gar nicht mehr. Für sie bin ich nur noch ein auf ihrem Bett ausgestreckter Toter.
Erneut faßt sie ihn am Handgelenk, betastet es lange und läßt es dann wieder los. Sie beugt sich über ihn, horcht an seinem Herzen und richtet sich dann auf, mit ungeheuer bleichem Gesicht.
Ich trete näher heran, um den reglosen Körper zu begutachten: Es ist ganz unleugbar meiner.
Es ist acht Uhr vierunddreißig, Montagmorgen, der dreizehnte Dezember.
Ich bin heute morgen nicht aufgewacht.
Ich bin tot.
So beginnt der erste Tag nach mir.

Das hat doch alles gar keinen Sinn! Da stehe ich und sehe zu, wie jemand meinen Tod erlebt, und bin neugieriger auf das, was Sarah tun wird, als auf das, was mit mir selber geschieht.
Eigentlich glaube ich das alles gar nicht. Es ist so abwegig, so offensichtlich unmöglich, daß ich bestimmt bald die Antwort darauf finde und aus diesem Traum erwache, der kaum realistischer ist als jeder andere auch.

Je schneller, um so besser. Allzulange sollte dieser Abstecher nicht mehr andauern. Das würde mein Verstand nicht verkraften.
Ich gehe auf die zum Büro führende Doppeltür zu, strecke die Hand danach aus. Ich fühle sie nicht. Greife hindurch. Furchtbar! Dabei habe ich doch heute morgen noch die Uhr in die Hand genommen, das weiß ich ganz bestimmt, und nachgesehen, wie spät es ist. Seit meinem Tod – falls ich wirklich tot sein sollte – kann ich nichts mehr ergreifen.
Daran hatte ich noch nie gedacht: Leben heißt nehmen können, berühren können. Beginnt man also nach dem Tod allmählich den Halt zu verlieren, sich von allem zu lösen? Woran werde ich mich dann noch festklammern können? Vorhin konnte ich noch einen Gegenstand ergreifen. Und im Augenblick sehe, höre und fühle ich noch. Bald werde ich das nicht mehr können ... Was bleibt dann von mir noch übrig?
Mich auflösen. Verschwinden, ohne eine Spur zu hinterlassen. Wohin? Schwindelnde Angst. Ich habe so oft daran gedacht ... Sei stark! Ich glaube, daß der Tod nicht in das Nichts mündet, sondern den Anfang eines anderen, zunächst vielleicht etwas konturenloseren

Lebens bedeutet ... Dennoch habe ich Angst. Ich habe so oft über diesen Augenblick nachgedacht, in dem das Leben einen verläßt, in dem der Geist ein wenig schwebend verharrt, bevor er sich die Richtung seiner Ewigkeit erwählt ... Panik.

Nein, das ist nicht möglich. Ich habe eben so viel daran gedacht, daß ich jetzt davon träume ... Das ist alles, weiter nichts!

Und sollte es doch wahr sein? Falls ich nun wirklich diesen Augenblick erleben sollte, hier und jetzt? ... Falls ich wirklich hier stehen und mich aus der Ferne betrachten sollte? ... Wo würde dann mein Körper hinkommen, und in welches Leben mein Bewußtsein gelangen? Werden sie auseinandergeraten und für immer getrennt sein?

Wie kann ich nur so etwas denken? Warum soll ich mich darauf einlassen, dieser Leichnam zu sein? Das kann und darf nicht sein! Eine so lächerliche Situation werde ich nicht dulden! Es gibt sicher eine vernünftige Erklärung für das Ganze. Und die werde ich auch gleich gefunden haben.

Ich brauche nur nachzudenken. Aber zuerst einmal muß ich diesen Mann aus dem Bett herausbringen. Irgendwann wird Sarah dann

schon auf mich aufmerksam werden. Ich klettere auf die Matratze und versuche den Körper auf die Seite zu wälzen. Vergeblich. Meine Hände schieben überhaupt nichts, sie scheinen durch den Körper hindurchzugreifen und zugleich außerhalb zu bleiben. Ich kann gar nicht beschreiben, was für ein Gefühl das ist.
Es sieht grotesk aus, wie ich mich auf allen vieren auf dem Bett abplage und an meinen eigenen Beinen ziehe, während die niedergeschmettert dastehende Sarah mich nicht wahrnimmt.
Wieder werde ich von Übelkeit befallen. Der ranzige Geruch von heute morgen. Es riecht nach Tod. Ich rutsche zurück und setze die Füße wieder auf den Boden. Ich wanke, gehe noch weiter zurück und halte mich an dem Sessel beim großen Marmortisch fest. Ich setze mich auf Sarahs Jeans. Wieder zur Ruhe kommen. Langsam atmen. Ich werde aus diesem Albtraum schon wieder herauskommen. Jeden Augenblick kann ich aufwachen.
Ein solches Abdriften mache ich nicht zum erstenmal durch. Eines Abends – aber wo und wann? – hatte ich wie gestern auch eine der grünen Oliven eingenommen, die Faruk in

London von der Apotheke bei Harrods speziell herstellen läßt. Damals war ich sehr weit abgeglitten, aber nicht so weit wie heute, auch nicht so lange. Wie soll ich sagen? ... Nicht so wirklich. Ich hätte nicht zwei davon nehmen sollen. Schlafmitteln gegenüber war ich immer skeptisch eingestellt.
Bis letztes Jahr weigerte ich mich standhaft, welche zu nehmen, und bezeichnete dergleichen als Teilzeitselbstmord oder als eine Art Droge, bei der die Gewöhnung schnell in Knechtschaft ausarte. Ich fühlte mich stark und angstfrei. Dann begann ich an Schlaflosigkeit zu leiden; es wurde mir immer unerträglicher, wie lang die Nächte waren. Als Faruk mir eines Abends im Flugzeug nach Bombay eine seiner Pillen anbot, griff ich zu. Die Wirkung war dergestalt, daß ich ihn um Nachschub bat. Seit damals schickt er mir regelmäßig welche; Ihr ist der Gedanke zuwider, daß ich so etwas einnehme. Sarah ebenso. Darin liegt ihre einzige Gemeinsamkeit. «Das ist deine Schwäche», sagt Sarah. «Was ist denn da drin? Weiß du das überhaupt?» fragt Sie.
Wahrscheinlich kommt es von dieser Droge, daß ich jetzt in einen so unglaublichen Albtraum verstrickt bin.

Einen Albtraum? Sarah ist doch da, und zwar viel wirklicher als je irgend jemand in einem meiner Träume. Alles um mich herum ist so konkret wie nur möglich: Farben, Gerüche, Empfindungen, Gegenstände. Nur die Geräusche scheinen langsamer an mein Ohr zu dringen als sonst. Also kein Vergleich mit einem gewöhnlichen Traum. Und fragt man sich beim Träumen etwa ständig, ob man auch tatsächlich träumt? Und falls ich nun wirklich tot sein sollte? Falls wirklich ich diese Leiche da bin? Aber nein, ganz unmöglich! Das ist weder der Ort noch die Stunde. Noch zuviel zu erledigen! Im Kopf gehe ich durch, was ich morgen in Brüssel für Termine habe: ungeheuer! Ich muß unbedingt dorthin ... Genug gescherzt. Auf der Stelle muß ich wach werden, duschen, zum Flughafen fahren und nach Hause fliegen.

Vor allem bin ich nicht darauf aus, gerade hier zu sterben. Ich will bei Ihr sein. Sie soll sich um mich kümmern! Ein solches Ende habe ich nicht verdient. Was würde Sie sagen, wenn Sie erführe, daß ich so gestorben bin, bei einem Mädchen, mit dem ich eine flüchtige Liebschaft hatte und von dessen Existenz Sie erst seit kurzem wußte? Das wäre zu dumm! Wo ich Sarah doch gerade verlassen wollte ...

Noch immer sitzt sie wie ein Häufchen Elend am Bettende. Man könnte meinen, sie würde gleich vom Kummer überwältigt losschluchzen. Aber ich kenne sie gut: Wenn ich tot bin, wird es ihr gefallen, ein wenig unglücklich zu sein, dann wird sie darüber hinwegkommen und mich vergessen.
Seltsam: Zeitweise gewöhne ich mich an den Gedanken, tot zu sein. Dann wird mir diese Situation wieder unerträglich. Ich muß standhalten. Mein Leben hängt jetzt nur noch von meiner Skepsis ab. Wenn ich erst anfange, selbst an meinen Tod zu glauben, unterscheidet mich nichts mehr von dem da auf dem Bett ...
Und wenn es nun wahr ist? ... Ein allzu schweres Ende wäre es ja nicht gerade. Ich leide nicht, fühle mich leicht, verschwimmend. Lächerlich ... Das ist also tot sein? Es ist völlig anders, als ich es mir vorgestellt hatte. Zugleich einfacher und undenkbarer ...
Würde ich lange so herumschweben um meine ... Leiche? *Leiche:* ein gräßliches Wort. Und überhaupt: Wäre ich dann er? Oder der andere, der zusieht?
Nein, das hat ja alles gar keinen Sinn. Das kann es nicht geben! Ein anderer sein als ich ... Auf

so eine Verrücktheit darf ich mich nicht einlassen, solch einem Aberwitz nicht willfährig sein. Ich muß meine Kräfte sammeln, mich verteidigen. Damit dieser Albtraum nicht Wirklichkeit wird.

Die Wirklichkeit ... Auch sie ist ja nur ein Traum unter vielen, ein etwas mehr geduldeter nur.

So etwas Ähnliches hat sie mir einmal über Leben und Träumen gesagt. Aber was genau? ... Das ist jetzt nicht der Augenblick, um darüber nachzudenken; ich habe weiß Gott anderes zu tun.

Kämpfen. Ohne Unterlaß kämpfen, um wieder aufzuwachen ... Wenn ich ein bißchen Kaffee trinken könnte, wäre alles so viel einfacher! ... Ich muß bis zur Tür kommen, in die Küche gehen und mir Kaffee kochen ... Ich stehe auf, gehe los, komme dem Toten näher. Sarah hat sich nicht gerührt, als ich an ihr vorbeigegangen bin und sie beinahe gestreift habe. Ich fasse zum Türgriff ... Die Hand greift ins Leere. Und dennoch stoße ich gegen die Wand. Unmöglich hinauszukommen. Unvorstellbar. Benommen trete ich zurück.

Ich setze mich wieder auf den Sessel am Schreibtisch. Langes, starres Warten. Ich kann

nichts mehr tun. Nichts anderes als abwarten, ohne zu wissen, ob ich in einem Tunnel bin oder draußen in der Nacht.
Sarah ist noch immer mit dem Rücken zu mir bei dem Toten, in ein paar Metern Entfernung. In ein paar Lichtjahren Entfernung wohl auch.
So sitzen wir lange da, umhüllt von dichtem, drückendem Schweigen.
So also ist tot sein? Das Geheimnis, hinter das wir seit Jahrtausenden zu kommen suchen. Nur das: neben sich selbst sein, unerreichbar?
Der Regen hat aufgehört. Im Winter taucht New York fast gar nicht aus der Nacht auf.
Ein leises Klopfen an der Tür. Dreimal. Dann eine Stimme.
«Sarah? Ist alles in Ordnung? Kommst du?»
Max. Die kindlich-pfiffige Stimme von Max.
Sarah läßt eine ganze Weile verstreichen, bevor sie antwortet.
«Alles in Ordnung. Mach dir keine Sorgen. Ich komme gleich.»
So schwermütig hat sie das gesagt, daß Max noch zögert und bald darauf seinen erstaunten roten Strubbelkopf zur Tür hereinsteckt.
«Was ist denn los? Ist Julien krank?»
Sie sieht zu ihm auf und gibt widerwillig die

nüchterne Antwort: «Nein, Julien ist nicht krank. Julien ist tot.»
Ach, diese Stimme! Genau die gleiche, mit der sie mir am ersten Tag im Flugzeug den Tod ihres Vaters anvertraut hat.
Max kommt herein und macht die Tür hinter sich zu. Beflissener denn je tritt er näher. Er mustert Sarah, ohne einen Blick auf das Bett zu wagen.
«Was sagst du da? Julien ist tot?»
Sarah starrt noch immer auf den reglosen Körper und murmelt:
«Ja, überzeuge dich selbst, wenn du willst.»
Er sieht hin, wird blaß, geht auf den Leichnam zu. Tritt dann wieder zurück. Errötet bis in die Haarwurzeln. Warum habe ich nur das Gefühl, daß er innerlich frohlockt?
«Was ist denn passiert?»
Sie zuckt die Achseln.
«Ich weiß es nicht. Ich habe ihn so gefunden, als ich vorhin nach Hause kam.»
«Und bist du sicher, daß er ...?»
«Ja, ich habe versucht, ihm den Puls zu fühlen. Sein Herz hat aufgehört zu schlagen. Er ist tatsächlich tot.»
Max dreht sich um, sucht nach einem Telefon, sieht auf dem Schreibtisch eines stehen.

«Wir müssen die Polizei anrufen! Ich wähle die 911. Die werden uns sagen, was wir tun sollen.»
Sarah hält ihn am Arm fest. Erstaunt sieht er sie an.
«Nein, Max. Das tust du nicht, unternimm erst mal gar nichts ... Noch nicht ... Ich muß erst nachdenken. Sag zu keinem ein Wort.»
Max legt Sarah eine Hand auf die Schulter.
Wie mir dieses Beschützergehabe zuwider ist! Dieser glattäugige Jüngling hat hier nichts verloren! Er soll gehen! Warum hat sie ihn überhaupt hereingelassen? Jetzt macht sie sich von ihm los. Er tritt ein wenig beiseite und sagt dann feierlich: «Entscheiden tust du. Aber es wäre unvernünftig, noch länger zu warten. Wahrscheinlich sogar illegal. Du solltest zumindest einen Arzt holen, der den Tod feststellt.»
Sie nickt, ohne zu antworten. Max spricht weiter: «Es ist furchtbar ... Gestern habe ich noch mit ihm geredet, etwa um sechs. Er war so guter Dinge!»
Sie fragt erstaunt: «Ach so, du warst hier, an einem Sonntag? Und hast mit ihm geredet?»
Er errötet wieder, sagt dann aber mit fester Stimme: «Wir haben nur ein paar Worte

gewechselt ... Heute morgen, als du rausgegangen bist, hast du da nichts gehört?»

«Nein, als ich gestern abend nach Hause kam, schlief er. Und heute morgen auch, als ich aus dem Zimmer ging; ich bin sehr zeitig aufgestanden. Zuerst habe ich eine Weile im Büro gearbeitet, dann bin ich hinuntergegangen, um mir die Beine zu vertreten.»

Er geht zu ihr und legt ihr den Arm um die Schultern.

«Das ist sicher ein furchtbarer Schlag für dich ... Hast du ihn denn geliebt?»

Wie kann er es wagen?

«Ich weiß nicht», sagt Sarah mit tonloser, unbeteiligter, ja fast klinischer Stimme.

Wie kann sie es wagen?

Als sie nicht weiterspricht, sagt er. «Sieht so aus, als sei er einfach nicht mehr wach geworden. Ein Herzanfall vielleicht?»

«Ich weiß es nicht ... Das ist nicht mehr von Bedeutung.»

«Ich bitte dich, Sarah, wir müssen jemanden holen! Wir müssen wissen, woran er gestorben ist! So kann es nicht weitergehen. Entschuldige schon, wenn ich nicht lockerlasse; ich verstehe ja deinen Kummer, aber ich glaube, daß wir wirklich nicht länger warten dürfen ...»

Sarah antwortet nicht. Sie hört ihm gar nicht zu. Ich sehe sie wieder nur von hinten. Zu gern würde ich gerade jetzt in ihren Augen lesen! Max starrt sie an. Ein seltsamer Blick. Der Junge liebt sie, da gibt es gar keinen Zweifel. Warum bin ich nur nicht schon früher darauf gekommen?
Sie rührt sich noch immer nicht vom Fleck. Keine einzige Geste der Zärtlichkeit oder der Trauer. Sie hat noch nicht einmal den Körper berührt, außer um den Puls zu fühlen oder auf den Herzschlag zu horchen.
Das Ganze ist unglaublich. Nein, wenn ich wirklich tot wäre, würde sie sich anders verhalten.
Max setzt noch einmal an: «Woran ist er deiner Ansicht nach gestorben? An einem Herzinfarkt?»
Sarah dreht ihm den Kopf zu. Von da, wo ich sitze, ist mir der Blick auf ihre Augen noch immer verwehrt.
«Vielleicht. Er hat mir gesagt, daß er vor zwei Jahren einmal einen Herzinfarkt gehabt hat. Seither war er sehr vorsichtig. Ich glaube, vor kurzem hat er einen zweiten Anfall gehabt.»
Aber das stimmt doch gar nicht! Ich habe überhaupt keinen Infarkt mehr gehabt seit jenem ersten vor zwei Jahren. Und von dem habe ich Sarah nie erzählt. Das weiß ich bestimmt!

Wie hat sie das herausbekommen? Wer hat ihr davon erzählt? Ich dachte nicht, daß sie über mein Leben so gut Bescheid wüßte.
Hat sie Nachforschungen über mich angestellt? ... Ach ja, der Tod meines Vaters ... Aber weiß sie dann etwa alles? Wie sehr sie mich hassen muß ...
Sarah steht schweigend da, mit gesenktem Kopf. Es sieht aus, als wolle sie in sich hineinkriechen. Ich merke ihr nicht das leiseste Zittern an, nicht das geringste Beben: Falls sie überhaupt irgendwelchen Kummer empfindet, so weiß sie ihn gut zu verbergen. Sie, die oft so heftig ist, so maßlos, die ihren Gefühlen so oft vorauseilt und sie immer zu wecken sucht, indem sie sie ausspricht, ist nun ruhiger, als ich sie je erlebt habe. Diese Selbstbeherrschung kreide ich ihr an. Sie sollte viel lieber weinen, schreien, sich auf mich werfen, alle andern fortjagen, sollte mich beschützen, mich dort aufsuchen, wo ich bin, und mich dorthin zurückholen, wo sie ist ...
Nein, so kann der erste Tag nach meinem Tod ganz bestimmt nicht sein. Das ist ja viel zu armselig. Zu nichtig. Wie eine schlechte Folge von *Twilight Zone*!
Heute morgen habe ich vom Tod meines

Vaters geträumt; jetzt träume ich von meinem eigenen. Wann nimmt das einmal ein Ende? Wie findet man aus einem Albtraum heraus? Wenn einmal mein wirklicher Tod kommen wird, dann wird er in nichts dieser kümmerlichen Karikatur gleichen. Presseagenturen werden ihn verkünden, Kirchen werden ihre Totenglocken läuten, die Welt wird zu atmen aufhören oder den Atem zumindest anhalten. Man wird lange Artikel über mich verfassen. Wird die Rolle würdigen, die ich gespielt habe. Wird meine De-Staël-Biografie als Standardwerk bezeichnen, als unübertrefflich – denn fertiggeschrieben werde ich sie vor meinem Tod selbstverständlich haben.
Kein Vergleich mit dieser anonymen Leiche auf dem zerwühlten Bett einer Zufallsbekanntschaft, in einem auf chic gemachten Speicher inmitten einer fremden Stadt.
Sarah dreht sich um. Jetzt sehe ich sie besser, im Profil. Wie bleich sie ist! Sie sieht gealtert aus.
«Max, kannst du bitte einen Augenblick hinausgehen? Ich möchte mit ihm allein sein.»
Ganz unbewegt hat sie das gesagt. Max willigt ein, will aber noch etwas antworten; doch sie lächelt ihm zu und sagt: «Vorläufig zu

niemandem ein Wort, einverstanden? Was zu geschehen hat, werden wir nachher beschließen. Komm, sei lieb, tu es für mich. Kann ich mich auf dich verlassen?»

Max nickt, streicht Sarah flüchtig über die Wange, geht hinaus und schließt leise die Tür hinter sich.

Sie bleibt reglos neben dem Nachttisch auf der linken Bettseite stehen und sieht auf den Toten. Ich trete näher heran, um sie besser zu sehen. Wie schön sie ist! Katzengleiche, gelassene Schönheit. Nur ein wenig kleiner kommt sie mir vor als gestern. Oder bin etwa ich nun weiter entfernt? ... Sie beugt sich vor. Bedächtig streicht sie dem Toten über die Augen, als wolle sie sie zudrücken. Standen sie denn noch offen? Vorhin hatte ich gemeint, sie seien geschlossen; eine Ungereimtheit mehr.

Die Hand verharrt über dem Gesicht. Wie ein flüchtiger Segen oder eine Liebkosung. Dann faßt Sarah sich wieder und blickt auf das halbleere Glas auf dem Nachttisch. Das, mit dem ich die beiden Schlaftabletten eingenommen habe. Sie betrachtet es eingehend, greift dann danach, mustert es gedankenvoll und stellt es zurück auf den Tisch. Dann öffnet sie eine der Schubladen, nimmt das Fläschchen mit den

Schlaftabletten heraus und stellt es deutlich sichtbar neben das Glas. Warum ...? Jetzt geht sie mit besorgter Miene im Zimmer umher, als sei sie auf der Suche nach einem verschollenen Gegenstand. Immer wieder kommt sie dabei an mir vorbei, ohne den Sessel, in den ich mich gesetzt habe, auch nur eines Blickes zu würdigen.

Sie geht wieder zum Schreibtisch, hebt den Telefonhörer ab, wählt eine Nummer. Sie läßt es lange läuten. Ungeduldig stampft sie mit dem Fuß auf. Wen ruft sie an? Sie zuckt mit den Schultern und legt heftig auf. Erst ist sie unschlüssig, dann geht sie ins Bad und sperrt sich dort ein. Ich höre die Dusche laufen. Lange. Dann kommt sie nackt heraus, hinreißend. Ich würde zu gern Lust auf sie haben. Sie wühlt im Schrank und nimmt Jeans und eine schwarze Bluse heraus, die den Kleidungsstücken ähneln, die sie auf dem Rückflug von Aspen trug, als ich sie kennenlernte. Vielleicht sind es sogar die gleichen.

Da kommt mir der Gedanke, daß sie sie vielleicht schon lange für diesen Augenblick zurechtgelegt hatte ...

Sie zieht sich eilig an, geht dann noch ohne Schuhe zum Bett und breitet mit einer

schwungvoll-präzisen Geste die Bettdecke über die Leiche. Jetzt ist nur noch eine Wölbung da, die sie eine Weile betrachtet. Dann geht sie zur Tür und ruft: «Max, du kannst wieder hereinkommen, wenn du willst.»
Augenblicklich betritt der junge Mann das Zimmer. Er muß wohl hinter der Tür gewartet haben. Er errötet und fragt erstaunt: «Du hast dich umgezogen? Wie hast du denn das fertigbringen können ... vor ihm?!»
Sie lächelt flüchtig.
«Warum nicht? Ich muß schließlich wieder zu mir finden. Da ist doch nichts dabei.»
Beinahe geschrien hat sie das. Er deutet vage und unbeholfen in Richtung Bett.
«Du solltest leiser sprechen.»
Da kehrt sie ihm achselzuckend den Rücken.
«Warum? Kummer ist keine Frage der Stille, Baby, sondern der Anteilnahme. Das wirst du später schon noch begreifen.»
Ich muß lächeln. Das hat sie nämlich von mir. Letzten Oktober fuhren wir einmal zu ihrer Mutter nach Rom. Sarah bestand plötzlich darauf, daß ich ihre Bekanntschaft machen solle. Ich willigte ein, wenn auch ein wenig beklommen: ihre Mutter ist so alt wie ich. Es wurde eine trostlose Begegnung: Blitzartig

stand mir mein Scheitern vor Augen. Danach gingen wir in der Stadt umher, ohne den Mund aufzutun, von einer Sehenswürdigkeit zur andern. Von der lauten Menge, die sich in der Kirche San Pietro in Vincoli drängte, wurden wir mitgetrieben bis zum Grabmal von Julius II., auf dem Michelangelos *Moses* thront, und Sarah verglich dabei das Stimmengewirr unter den Gewölben mit der Stille auf dem Friedhof von Aspen. Darauf habe ich wohl etwas über Stille und Anteilnahme von mir gegeben. Ich war der Meinung, sie habe mir gar nicht einmal richtig zugehört. Und nun hat sie es wortwörtlich wiedergegeben ... Warum gerade jetzt? Und warum so laut? Wer sollte das hören?

«Nenn mich nicht immer Baby», sagt Max gereizt. «Und nimm dich endlich zusammen. Es ist bald halb zehn. Gleich werden die andern kommen. Wir können Julien nicht hierbehalten. Das ist verboten. Willst du etwa, daß Frances und Joan das überall herumerzählen? Du mußt dich entscheiden. Am besten wäre es, das Büro heute ganztägig zu schließen. Den Kunden erzähle ich schon irgend etwas.»

Sarah scheint sich zu besinnen und sagt dann betont langsam: «Nein, Max, das ist nicht nötig. Verhaltet euch so wie immer. Mein Privatleben darf sich nicht nachteilig auf unsere Geschäfte auswirken. Außerdem haben wir heute vormittag einen sehr wichtigen Termin, und ich begreife überhaupt nicht, wie du auf den Gedanken kommen kannst, ihn einfach abzusagen. Du mußt diese Leute ohne mich empfangen.»

«Aber du weißt doch, daß hier jeder ein und aus geht, wie er will. Falls irgend jemand hier hereinkommt ... Stell dir doch das einmal vor! Die Polizei wird dir Fragen stellen. Sie wird sich wundern, warum sie nicht sofort gerufen wurde.»

Sarah zuckt die Schultern.

«Niemand hat auch nur den mindesten Grund, in dieses Zimmer zu kommen. Das ist hier mein Revier. Nötigenfalls sperre ich eben die Tür zu. Hör mal, ich habe das so beschlossen, und dabei bleibt es auch: Vorläufig wird niemand benachrichtigt. Weder die Polizei noch ein Arzt. Niemand. Wir reden später wieder darüber. Jetzt muß ich erst mal nachdenken. Das verstehst du doch hoffentlich?»

Er schüttelt den Kopf.

«Nein, das verstehe ich nicht. Du tust das Falsche. Auch was ihn selbst angeht: Er hätte es besser im Krankenhaus.»

Sarah scheint unschlüssig zu sein.
Nein, das wird sie nicht tun! Darauf wird sie nicht eingehen! Ich will nicht in der Schublade einer Leichenhalle landen!
Würde dann mein Geist dem Körper folgen oder könnte er hierbleiben? Könnte ich ihm entkommen? Diesem Zimmer und dieser Stadt entfliehen?
Vielleicht. Aber ich habe nicht die geringste Lust, es zu versuchen. Ich darf auf keinen Fall den Ort verlassen, an dem ich eingeschlafen bin. Wenn ich das mache, könnte es mir passieren, daß ich nie wieder aus diesem Albtraum herausfinde.
Sarah faßt sich wieder. Nun macht sie einen entschlossenen Eindruck auf mich. Sie spricht abgehackt.
«Bemüh dich nicht weiter, Max. Fürs erste bleibt Juliens Leiche hier. Versteh mich doch, es ist so furchtbar viel zu erledigen. Wir müssen uns erkundigen, ob er nach Hause übergeführt werden kann oder hier beerdigt werden muß. Ich habe keine Ahnung, wie da im einzelnen vorzugehen ist. Und dann hat er ja auch noch einen Bruder. Zuallererst muß ich den finden, muß ihm Bescheid sagen, damit er die Dinge in die Hand nimmt. Er muß ent-

scheiden, was zu geschehen hat. Und vom Tod Juliens soll er nicht durch die Polizei oder sonst irgend jemanden erfahren. Auf jeden Fall werde ich niemanden in New York benachrichtigen, bevor ich ihn nicht erreicht habe ...»

Du hast recht, Sarah, er soll sich um alles kümmern. Aber ruf ihn doch gleich jetzt an! Worauf wartest du denn noch? Vor allem darf Sie es von keinem anderen als von ihm erfahren, er allein wird die richtigen Worte finden ...

Wie wird Sie es aufnehmen? Es wird schrecklich für Sie sein ...

Nein, Sie soll gar nicht mitbekommen, daß ich hier gestorben bin ... Das wäre für mich noch schlimmer als der Tod selbst. Wenn ich es mir genau überlege, ist es vielleicht doch besser, die Leiche wird in ein Krankenhaus überführt! Dann soll man Ihr sagen, ich sei dort gestorben. Schnell, Sarah, entscheide dich! Schick mich ins Krankenhaus, in eine Klinik; ich will woanders sein als hier! ...

Ich werde Sie nicht mehr sehen. Sie nicht mehr in die Arme schließen. Kann ein Toter vor Kummer vergehen? Kann ein Toter weinen?

«Übrigens», fährt Sarah fort, «kann das lange dauern; ich weiß nämlich gar nicht, wie ich seinen Bruder erreichen soll! Ich habe nicht einmal seine genaue Adresse ...»

Also Sarah, was erzählst du denn da? Du weißt ganz genau, wo Emmanuel wohnt. Vor kaum zwei Monaten haben wir in seinem Gestüt in Sotteville zu Abend gegessen! Das einzige Mal, daß du nach Rouen mitgekommen bist. Und seine Telefonnummer hast du dir in deinem schwarzen Kalender aufgeschrieben. Hinter dir liegt er, da auf dem Tisch! Warum rufst du ihn nicht sofort an?

Max ist unschlüssig; er sieht Sarah noch einmal an, geht dann zur Tür, und mit der Hand auf der Klinke, antwortet er: «Na schön, ich werde warten und niemandem etwas sagen. Aber einverstanden bin ich damit nicht. Wir werden uns damit eine Menge Ärger aufhalsen. Alles läßt darauf schließen, daß Julien schon mehrere Stunden tot ist. Das wird nicht unbemerkt bleiben. Ganz abgesehen davon, daß ...»

Durchtriebener denn je, rot bis zu den Ohren, murmelt er mit niedergeschlagenen Augen: «Ganz abgesehen davon, daß auch Sie benachrichtigt werden muß. Hast du an Sie eigentlich schon gedacht?»

Woher weiß er von Ihrer Existenz? Hat ihm

etwa Sarah davon erzählt? Hat sie ihm also alles über mich gesagt?
«Selbstverständlich muß auch Sie informiert werden ...»
Sehr langsam hat sie das artikuliert. Sie strafft sich und geht nervös zwischen dem mexikanischen Pferd und dem Komantschen-Totem hin und her. Max fragt: «Soll ich das übernehmen? Ist es dir nicht lieber, wenn ich Sie anrufe? Oder soll ich den französischen Konsul bitten, daß er sich darum kümmert?»
Mit schneidender Stimme antwortet sie: «Nein, Max, du rufst niemanden an. Ich muß zuerst Emmanuel erreichen. Ich glaube, ich weiß auch schon, wie. Aber um diese Zeit wird er nicht da sein; ich versuche es heute nachmittag. In Europa ist es dann später Abend. Dann werde ich mit ihm vereinbaren, ob er Sie benachrichtigen soll oder ich.»
Wütend springe ich auf. Nein, das will ich um keinen Preis! Ich bin strikt dagegen, daß sie Sie anruft. Auf gar keinen Fall darf Sie meinen Tod von Sarah erfahren! Ich verbiete ihr ausdrücklich, sich meinen Tod anzueignen ... Nein! Heute abend wird sie Sie ohnehin nicht erreichen; da ist Sie nämlich in Roissy und wartet auf mich.

Sarah sagt nochmals in emphatischem, abgehacktem Ton: «Zuerst rufe ich im Laufe des Nachmittags Emmanuel an. Dann entscheide ich, was zu geschehen hat.»
Warum kommt es mir nur so vor, als hätte sie sich diesen Satz gründlich überlegt, bevor sie ihn ausgesprochen hat? Als ob sie irgend ein wohlerwogenes Ritual vollführte. Oder einen vorgefertigten, auswendig gelernten Text hersagte. Auch im Ton klang es so, wie man an jemanden ein Gebet richtet, der zugleich anwesend und abwesend ist. Aber an wen?
Glaubt sie, daß ich ihr zuhöre? Weiß sie, daß ein Toter noch hören kann? ...
Von irgendwo jenseits der Doppeltür schallen Fetzen von einem Streit herüber. Ich glaube, das heisere Tönen von Frances und die ungeduldige Art Sidneys zu erkennen. Sie kommen näher, jemand öffnet die Tür einen Spalt: Frances. Von da, wo sie steht, sieht sie vermutlich nicht auf das Bett.
«Na, Sarah, was trödelst du denn heute so? Kommst du nicht ins Büro?»
Noch immer hochrot, schweißfeucht und beflissen tritt Max dazwischen und schiebt die Tür wieder zu, aber viel zu jäh, als daß es hätte natürlich wirken können.

«Seid so lieb und geht wieder arbeiten. Ich komme gleich. Sarah hat gesagt, ich soll ... Ich muß euch wegen der Besprechung nachher noch einiges sagen ... Sarah kommt auch bald.»
Er bedenkt Sarah mit einem gezwungenen Lächeln, das wohl beruhigend sein soll, geht dann ebenfalls hinaus und schlägt die Tür zu. Zu fest. Draußen Gemurmel, ein umgeworfener Stuhl, schnelle Schritte, ein Hörer wird abgehoben ...
Frances, dieses Biest, hat die Leiche wohl gesehen. Und Max hat ihr ihren Verdacht nicht ausreden können. Oder hat ihn vielleicht sogar bestätigt. So, wie ich die beiden kenne, weiß in weniger als einer Stunde ganz New York Bescheid. Und dann Brüssel und Paris. Also wird Sie die Nachricht von meinem Tod aus dem Radio erfahren, oder morgen früh aus der Zeitung, oder von einer Freundin, die schon davon gehört oder gelesen hat. Nein, das will ich nicht! Da ist es mir hundertmal lieber, wenn man Sie jetzt gleich anruft und ihr ohne zu zögern alles sagt!
Eine solche Erbärmlichkeit habe ich nicht verdient. Das ist so gemein.
Alles, was ich gemacht habe, ist unvollendet

geblieben, unvollkommen, verkorkst ... Und wäre es bestimmt auch noch weiter geblieben, selbst wenn ich noch dreißig Jahre länger gelebt hätte ...
Lediglich Ihr Kummer wäre für mich ein Grund, meinen Tod zu bedauern.
Jetzt werde ich schon blasphemisch ... Und die Blasphemie wird mich umbringen.
Ich muß wieder zur Besinnung kommen. Bis ins kleinste hatte ich mir meinen Tod schon ausgemalt, da kann ich jetzt nicht akzeptieren, daß er abläuft wie eine Karikatur meiner Vorhersagen.
Hochmut und Naivität: Wer hat schon je sein Ende vorhersehen können? Manche Selbstmörder vielleicht. Oder Karl V., der in dem Kloster, in das er sich zurückgezogen hatte, seiner eigenen Bestattung beiwohnte ...
Das Leben ist nichts weiter als ein Berg wahllos aufeinandergehäufter Einzelheiten. Der Tod ist die Einzelheit zuviel, die alles zum Einsturz bringt.
Resignation. Wie der von der Welle gewälzte Kiesel. Für immer vergessen.
Nein, unmöglich. Ich habe zuviel von meinem Tod geträumt, als daß ich ihn nun in solcher Gewöhnlichkeit hinnehmen könnte.

Mancher stellt sich seine Hochzeit vor oder die Geburt des ersten Kindes; bei mir dagegen galt alles Durchdenken, alles Formen und Gestalten meinem Tod und den darauffolgenden Stunden, und nie wäre mir eingefallen, daß dieser Tod mir entrinnen könnte.

Einmal habe ich mit Sarah darüber gesprochen, an einem Augusttag in Aspen. Am Nachmittag hatten wir ein Konzert von Montserrat Caballé besucht: Verdi, Bellini, Bizet ... Am Abend waren wir übereinstimmend der Meinung, daß uns im Jenseits am meisten die Musik fehlen würde. Und bei der Gelegenheit sagte sie zu mir, sie wolle einmal eingeäschert werden. Ganz ernst war es ihr damit. Weil es nach dem Tod nichts mehr gebe, sagte sie. Und fragte dann, wie ich mir den meinen vorstelle. Ich lächelte. Ich war glücklich. Ich hörte noch *Casta Diva* meine Sinne umschmeicheln. Der Tod schien mir so fern, daß ich ohne Unbehagen davon sprechen konnte.

Ich sagte, mit zehn Jahren hätte ich mich im Krieg in irgendeinem Graben liegen und sterben sehen. (Sarah lachte laut.) Mit fünfzehn hätte ich mir vorgestellt, ich würde einmal von allen vergessen in einem Kerker schmachten, wegen irgendeines dunklen Politdelikts. (Sie lächelte.) Dann hätte ich lange nicht mehr daran gedacht; das Recht, den Tod zu vergessen, sei vielleicht das einzige Privileg der Jugend. (Sie nahm meine Hand.) Seit geraumer Zeit beschäftige mein Tod mich nun wieder. Ich stelle mir vor, daß ich als sehr alter Mann bei mir zu Hause in Le Luc sterbe, in dem Haus, das ich für Sie gebaut habe, Ihretwegen, um Sie herum. (Sarah ließ meine Hand wieder los.) Jetzt erdichte ich mir einen friedlichen Tod, irgendein nicht näher definiertes, weder zu schweres noch zu langes Leiden. Einen langen Schlaf. Ohne einen anderen Wunsch als den, daß alles vorbei sei. Ohne irgendwelche Angst vor dem Nachher. (Sie sah mich durchdringend an). Einen Rebellentod könne ich mir nicht mehr wünschen, mir auch keinen Schrecken mehr vorstellen und keinen Schmerz; Sie werde bei mir sein, Sie wisse, was Sie zu tun haben werde ... (Sarah wunderte sich.) Ja, ich hätte mich oft mit Ihr darüber unterhalten. Morbide Gespräche? Nein, an so etwas denke wohl jeder. Sie kenne das Zeremoniell: Sie werde mir die Augen zudrücken, werde um mich herum die Gegenstände plazieren, die mir am liebsten seien, die mich an meinen Vater erinnerten – Sie habe eine Liste davon –, dann werde Sie meine Freunde kommen lassen, die eine Nacht lang von mir sprechen würden. Anschließend werde Sie mich zu uns nach Rouen bringen und einen Gottesdienst abhalten lassen. Er werde in einer Synagoge stattfinden. Es werde Orgel gespielt werden. Am liebsten seien mir die Lieder aus den rumänischen Gettos. Vor allem Männerstimmen wolle ich. Aus ganz Europa würden Leute kommen; aus allen Teilen der Welt sogar. Dann sei alles gesagt. Eine Gruft auf dem Städtischen Friedhof. Ohne Bedeutung ... Eine Weile hat mir ein Grab in Jerusalem vorgeschwebt, doch fürchtete ich zu sehr, Sie würde nicht dorthin kommen können. Natürlich wäre Sie nie gekommen! Sie hat Ihre Gründe dafür, gute Gründe ... Auf meinem Grab in Rouen mein Name, zwei Jahreszahlen ... Alles ist schon geplant ... Nicht zu weit von meinem Vater entfernt. Jedoch auch nicht daneben. Aber von diesem Grab habe ich Sarah doch gar nichts erzählt ... Und ich weiß auch, warum!

Wozu diese Detailfreudigkeit? Weil sich am ersten Tag alles entscheide. Das sei der wahre Tag des Jüngsten Gerichts, an dem über die Ewigkeit bestimmt werde.

Sarah lachte: An dem über die Ewigkeit bestimmt werde? Sie erklärte, die Zeremonie, die ich gerade beschrieben hätte, könne ich nie und nimmer bekommen. Warum denn? «Weil ein Toter bei den Juden so schnell wie möglich begraben und vergessen werden muß, ohne daß er in die Synagoge kommt; weil bei ihnen – bei uns – der Tod unerträglich ist und nur die Lebenden zählen; dem Leichnam des Verstorbenen darf nicht die geringste Aufmerksamkeit gewidmet werden.» Ich protestierte. «Hör dir mal folgende Geschichte an», sagte sie daraufhin. «König David starb am Nachmittag eines Festtages, zu einer Zeit also, in der es verboten ist, einen Leichnam zu berühren. So konnte er nicht wegtransportiert werden. Dennoch mußte man ihn baldmöglichst loswerden. Also beschloß man, ein Neugeborenes auf ihn zu legen, und nur so konnte der Leichnam Davids aus dem Tempel geschafft werden. Denk dir nur», sagte sie, «zwei Stunden vorher war er noch der wichtigste Mensch auf der Welt gewesen; und kaum war er tot, war das erstbeste Neugeborene wichtiger als er.» Woher sie das wisse? Man habe es ihr beim Tod ihres Vaters erzählt. Wer, «man»? Darauf wollte sie nicht antworten;

beharrliches Schweigen. Ich ließ nicht locker; ich bestand auf dieser Zeremonie. Und ich würde sie auch bekommen!

Am gleichen Abend noch hörten wir zu späterer Stunde auf der von blauem Dunkel überwölbten Terrasse gegenüber dem Mount Elbert das Duett aus dem zweiten Akt von *Rigoletto*. Da fragte sie mich plötzlich in ernstem, ja pathetischem Ton, ob ich wolle, daß sie an meinem Sterbebett zugegen sei. Ich antwortete ausweichend, doch sie versuchte es erneut.

«Möchtest du, daß ich am ersten Tag nach deinem Tod bei dir bin?»

Ich bejahte schließlich, um ihr nicht weh zu tun, und vor allen Dingen, um diesem Gespräch ein Ende zu machen.

Wir schwiegen eine Weile, dann sagte sie leise, aber gänzlich ohne zu stocken, den Satz Nicolas de Staëls her, den zwei Monate zuvor ich ihr vorgetragen hatte:

«*Ich danke Ihnen, daß Sie einem Menschen das Leben geschenkt haben, der mir so viel gegeben hat und noch jeden Tag gibt. Sorgen Sie sich nicht um ihre Kinder; sie sind beide jenseits Ihrer Möglichkeiten der Besorgnis ...*»

Warum hatte sie diese Worte auswendig gelernt? Bevor ich sie noch dazu befragen konnte, zitierte sie gleich eine andere Passage aus dem gleichen Brief des Malers an die Mutter von Janine:

«Denken Sie nicht, daß Menschen, die sich mit so feurigem Herzen ins Leben verbeißen, von uns gehen, ohne Spuren zu hinterlassen. Sie, Madame, sind einzig dazu auf der Welt, um ihre Mutter zu sein, und ich für mein Teil wäre froh, wenn ich einmal in solcher Dichte sterben könnte. Nicht einer derer, die mit ihrem Geist oder ihrer Arbeit diese Welt erleuchten, hat es versäumt, ihr gemäß seiner Größe seine Ehre zu erweisen.»

Sie sprach diese Worte, ohne sich besinnen zu müssen, und sah mir dabei geradewegs in die Augen, während unsere Finger auf der Balustrade ineinander verschlungen waren. Allmählich begriff ich, daß jedes Wort in ihrem Mund eine ganz andere Bedeutung annahm als die, die der Maler ihnen verliehen hatte. Es war, als seien sie speziell für mich geschrieben worden. Von ihr.

Und jetzt liege ich hier tot in ihrem Zimmer. Sie steht vor dem Bett und betrachtet den Leich-

nam. Auf ihrem Nachttisch das Buch mit den Briefen des Malers, das ich ihr zu Anfang des Sommers geschenkt habe. Wer hat es dorthingelegt? Gestern abend war es noch nicht da, das weiß ich gewiß. Wieder ein Rätsel.
Da lebt man also ein ganzes Leben lang auf so ein vermurkstes Ende zu. Pech? Hohn?
Und noch dazu bin ich an einem Dreizehnten gestorben ... Wirklich geglaubt habe ich ja nie an solche Zeichen. Sarah schon. Ich erinnere mich noch an jenen Abend in Rom, als wir in einer Taverne den Wirt bitten mußten, sich beim Essen zu uns zu gesellen. Wir waren nämlich dreizehn – ihre Mutter, ihre Schwester und Freunde der beiden. Und sie wollte sich unter diesen Umständen nicht an den Tisch setzen.
Wie habe ich mich damals über sie geärgert! Aber wie recht sie doch hatte, sie selbst zu sein, da ja niemand darunter zu leiden hatte ...
Dieses Zimmer bedrückt mich. Mir kommt es so vor, als hätte ich hier vor langer Zeit einmal Schreckliches erlebt. Als wäre ich von Feinden umzingelt, die mich holen, mich mitnehmen, mich begraben wollen ... Meine Kleider? Wo sind sie? Ich möchte mich am liebsten verstecken.
Möchte fliehen ... Sterben ...

Kann ein Toter sich wünschen, Selbstmord zu begehen, um seiner eigenen Bestattung nicht beiwohnen zu müssen? ...
Stimmengewirr hinter der Tür. Max hat es wohl eilig, mich loszuwerden. Ich bin mir sicher, daß er nicht auf Sarah gehört hat. Vermutlich setzt er alle Hebel in Bewegung, um mich überführen zu lassen.
Sarah greift zum Telefon, neben dem ich immer noch in meinem Sessel sitze. Sie wählt eine Nummer. Wen ruft sie an? Die Polizei? Emmanuel?
«Guten Tag», sagt sie in unbeteiligtem Ton. «Könnte ich bitte Evlyn sprechen? Ach so, Sie meinen ... Ist sie vielleicht schon in ihrem Büro? Gut, ich versuche es trotzdem mal dort. Danke.»
Sie legt auf, wählt eine andere Nummer – wahrscheinlich die der Vereinten Nationen – und läßt sich mit der Übersetzerabteilung verbinden, in der ihre beste Freundin arbeitet. Sie muß lange warten. Sie hat mir den Rücken zugewandt, ich könnte sie berühren, sie umarmen. Ach, sie umarmen! ... Jetzt spricht sie mit jemandem, bedankt sich und legt auf: Evlyn ist noch nicht da.
Wie spät mag es sein? Ich versuche, die Zeit

vom Zifferblatt der Armbanduhr abzulesen, die ich ihr geschenkt habe: fast elf. Wie schnell die Zeit vergeht, seit ich tot bin! Viel zu schnell für einen Traum.

Diese Uhr hat sie doch schon wochenlang nicht mehr getragen ...

Sarah steht reglos da, die rechte Hand auf dem Hörer. Ich fühle, wie verwirrt sie ist, wie gern sie sich jemandem anvertrauen würde. Lieber Evlyn als Max.

Eine Lektion in Sachen Demut. Der erste Tag nach mir ist für die andern eine Lawine von Sorgen.

Sarah geht zum Fenster und läßt das Rollo herunter. Sie kommt zurück, schaltet die Nachttischlampe rechts vom Bett ein, geht dann zum Wandschrank und schiebt die Tür auf. Aus dem oberen Fach nimmt sie zwei schwarze, gedrehte Kerzen heraus. Sie legt sie aufs Bett, geht wieder zum Schrank, holt zwei große kristallene Kerzenleuchter hervor und stellt sie an die beiden Enden des Beistelltisches, zu beiden Seiten der zwei japanischen Vasen. Sorgfältig steckt sie die Kerzen hinein, zündet sie an und knipst die Nachttischlampe aus.

Die beiden Kerzenleuchter! Die zwei schwarzen Kerzen! Daß sie daran noch gedacht hat ...

Aber wie kommt es, daß sie schon bereitlagen?
Ich habe einmal zu ihr gesagt – im *Les Abricots*, glaube ich – daß ein Toter kein anderes Licht mehr sehen dürfe als das zweier schwarzer Kerzen, so lange, bis er beerdigt sei.
Beerdigt ... Werde ich wirklich meinem Körper folgen, wenn sie ihn mitnehmen? Werde ich mit ihm bis in alle Ewigkeit eingesperrt sein? Bleibt man unter der Erde bei Bewußtsein?
Ich habe solche Angst vor der Finsternis. Schon seit jeher fürchte ich nichts so sehr. Wie kann ich dem Grab entrinnen? Werde ich meine eigene Verwesung miterleben müssen? ... Wie furchtbar! Im Tod nochmals sterben ... Dann lieber das Bewußtsein verlieren! ...
Es ist ganz augenfällig: Nach dem Tod bin ich genauso wie vorher dazu verurteilt, auf dem Quivive zu sein, im ungewissen, ob ich bei Bewußtsein bleiben werde. Im ungewissen sogar, ob ich das überhaupt will.
Das Jenseits ist keine ruhige Ewigkeit, sondern eine ebenso unsichere und bedrohliche Sache wie das Leben.
Das Jenseits! Das sagt man so daher. Ich bin jetzt dort, und es ist nichts weiter als die Unmöglichkeit, von den andern gehört zu

werden. Wie viele sind nicht schon dort, die noch zu leben glauben ...
Die Nacht des Bösen, die uns zerfrißt, der Morast der Lüge, der in uns ansteigt: Jeden Augenblick ist der Tod ihr Sieg.

Wie hat sie nur an die Kerzen denken können? Warum waren gerade heute welche griffbereit? Nie werde ich das erfahren. Ich werde hinüber sein, werde alles vergessen haben, noch bevor ich das begreifen kann.
Sarah, erklär es mir doch, laß mich wissen, was du vorhast!
Sie geht um das Bett herum, deckt den Leichnam ab, zerrt mühsam daran herum, legt ihm die Beine zusammen und faltet ihm die Hände auf der Brust. Sie scheint ganz mechanisch vorzugehen, als wolle sie durch ihr Tun zur Ruhe kommen, zum Nachdenken, oder als wolle sie sich durch das Vollführen einfacher Gesten mit der Realität vertraut machen, mit der sie nun fertig werden muß.
Starr steht sie dann da und sieht den Toten lange an, vermutlich zum letztenmal. Ihr Blick enthält so viele rätselhafte Zeichen ...
Mit einem Ruck deckt sie den Leichnam wieder zu und sammelt dann meine am Fuß des

Bettes herumliegenden Kleider auf. Eine Befürchtung, als sie zu meinem Jackett greift. In der Tasche meine Brieftasche mit zwei Fotos: eins von Ihr und eins von Lola. Keines von Sarah. Warum das von Lola? Wenn das Sarah in die Hände fällt, wird sie meinen, eine andere ... Amüsant ... Wenn sie wüßte! ... Nein, nicht amüsant: es würde ihr nur weh tun. Das wäre ebenso ungerecht wie unnötig.

Sie durchsucht meine Taschen nicht und hängt meinen Anzug sorgfältig in den Schrank, als sei ich nur für ein paar Stunden aus dem Haus gegangen. Sie schließt den Schrank und geht wieder zum Telefon. Wieder ruft sie Evlyn in ihrem Büro an. Immer noch nicht da.

Mit dem Rücken zum Bett setzt sie sich auf den langen Beistelltisch, genau in die Mitte zwischen die beiden Kerzenleuchter.

Lange verharrt sie so, bewegungslos, die Hände vor das Gesicht geschlagen. Wir sitzen uns nun gegenüber. Vielleicht sind wir jetzt zum letztenmal zusammen? Wie gern ich immer mit ihr geschwiegen habe!

Ist man tot, wenn man sich damit abfindet? ... Das darf ich nicht, auf keinen Fall ...

Sarah steht wieder auf, öffnet die Tür zum

Speicher und verläßt das Zimmer. Ich höre, wie sich der Schlüssel dreht.
Nein, laß mich nicht allein!

Allein mit diesem Körper ... Seit ich tot bin, meide ich ihn. Ich wage ihn nicht anzusehen.
Ich möchte hier raus. Kann ich im gleichen Tempo gehen wie ein Lebender? Wäre ich dazu fähig, in ein Auto zu steigen, damit zum Kennedy-Airport zu fahren, in ein Flugzeug zu schlüpfen und nach Hause zu fliegen ... Natürlich nicht. Unmöglich. An so etwas will ich gar nicht denken. Momentan noch nicht ... Ein Traum darf in seinem Ablauf nicht gestört werden. Sonst wird er nämlich wahr.
Ich friere. Seit Sarah mich allein gelassen hat, friere ich immer mehr. Ist etwa die Hölle eisig kalt? Kommt nun bald das Jüngste Gericht? Wenn es einen Gott gibt, wo ist Er dann? Wann wird Er in Erscheinung treten? Durch welchen Urteilsspruch, welche Strafe? ... Ich habe Angst. Dürfen Tote noch Angst haben?
Ich hätte besser auf die achten sollen, denen ich vor dreißig Jahren im Aurès begegnet bin, im Algerienkrieg. Die mußten auch darunter leiden, so einsam in irgendeiner Schlucht zu liegen, wenn wir in einen Hinterhalt geraten

waren und manchmal tagelang nicht den Mut aufbrachten, sie zu holen. Was müssen diese Toten neben ihren zerfetzten Leibern für Ängste ausgestanden haben! Niemand, der sie trösten konnte. Niemand, der sich um ihren ersten Tag gekümmert hätte. Wie viele Ewigkeiten sind durch die Feigheit der Lebenden und die Barbarei der Kriege verpfuscht worden!

Aber ich brauche ja gar nicht so weit auszuholen. Was ist denn mit meinem Vater? Habe ich wenigstens dem über seinen ersten Tag hinweggeholfen? ... Nein ... Wenn es auch nicht ganz meine Schuld war ...

Julien, hör auf, dich selbst zu bemitleiden! Als Lebender ist es mir stets gelungen, zwischen der Realität und meinen Gewissensbissen einen Lügenvorhang zu weben. Worauf die Realität den Rückzug angetreten hat.

Ich muß mich zusammenreißen. Die Lage ist zwar schrecklich, aber ich beherrsche sie noch: Solange ich denke, daß ich träume, träume ich auch. Das ist die Hauptsache.

Also kein Grund, kopflos zu werden. An allem Geschehen unbeteiligt bleiben. Solange ich mir sagen kann, daß das alles bald ein Ende hat, bin ich nur ein Zuschauer. Und wenn ich nur

ein Zuschauer bin, dann heißt das, daß hier nur ein Albtraum ein wenig länger dauert als üblich. Wenn ich nachher aufwache, werde ich bestimmt darüber lachen. Ja, vielleicht werde ich sogar schon alles vergessen haben.
Seltsam: Sogar ich hoffe meinen eigenen Tod zu vergessen. Was soll ich da erst von den andern erwarten ...

Ich höre, wie der Schlüssel sich im Schloß dreht. Sarah kommt zurück. Es ist nicht mehr so kalt. Sie geht zum Bett, sieht auf die Wölbung, kommt näher heran, deckt den Leichnam auf und mustert ihn. Was sucht sie jetzt noch? Zu meinen Lebzeiten hat sie mich nie so in Augenschein genommen. Aus ihrem Blick spricht eine Mischung aus Besitzgier, Gewalt und Triumph. Von Trauer keine Spur.
Ich sehe den Leichnam nicht richtig. Ich bin zu weit weg, kann ihn nicht deutlich erkennen. Dabei gibt es keinen Zweifel: Es bin wirklich ich. Woran bin ich eigentlich gestorben? Schwer zu sagen: Herzanfall? Wohl kaum. Er ... ich sehe ... er sieht ruhig aus, entspannt. Er hat lediglich diesen verkrampften Zug um die Lippen, als habe er noch einen Schrecken in Erinnerung oder einen unangenehmen Ge-

schmack. Das Schlafmittel? ... Die zweite Tablette hätte ich nicht nehmen sollen. Schon beim Hinunterschlucken wußte ich, daß das Erwachen unerquicklich sein würde. Aber ich wollte nicht mehr nachdenken, hatte es satt, auf Sarah zu warten.

«Auf ein Stündchen» war sie gestern abend aus dem Haus gegangen. Ihre Verspätung war mehr als eine Ungeniertheit, es war eine Rücksichtslosigkeit, eine Beleidigung unserer Beziehung, ein bewußtes Herumtrampeln darauf. Ich war außer mir deswegen. Den meisten Männern ist es lieber, wenn sie verlassen werden. Mir nicht.

Sarah scheint nun so nahe zu sein, so zärtlich. Im Halbdunkel sehe ich ihre nur schwach von den beiden Kerzen beleuchtete Gestalt dastehen, mit gefalteten Händen, wie im *Les Abricots*. Betet sie etwa? Eine seltsame Vorstellung ...

Les Abricots ... Der glücklichste Augenblick meines Lebens. Der freieste zumindest. Wir hatten uns in New York getroffen, am Abend vor Thanksgiving. Wir langweilten uns ein wenig, oder vielleicht hatten wir uns zu viele ernste Dinge zu sagen, die keiner von uns beiden an jenem Tag auszudrücken vermochte. Sie hatte Lust auf Sonne. Ich sagte: «Ich auch.» Ohne ein festes Ziel im Kopf fuhren wir zum Flughafen; dann flogen wir nach Port-au-Prince, fast rein zufällig: weil dort schönes Wetter ist, weil dort Französisch gesprochen wird, weil Duvalier nicht mehr da ist, und was der schlechten Gründe mehr sein mochten.

Angesichts der Plage, die an den großen Hotels am Golf von Gonaïves und der Roten Bucht grassierte, bereuten wir schon am ersten Nachmittag, überhaupt gekommen zu sein. Obszönes Glotzen unbedarfter Touristenhorden; Zurschaustellung minderwertiger Gemälde, bei denen die einzigen echten Naiven die Kunden sind ...

Ohne sonderliche Bitterkeit beschlossen wir, gleich am nächsten Morgen nach Puerto Rico weiterzufliegen.

Um den Nachmittag herumzubringen, fuhren wir die Küste entlang. Der gemietete Geländewagen kann auf den schlechten Straßen nur mühsam voran; verwitterte Schilder kündigten Dörfer mit seltsamen Bezeichnungen an: Petit-Trou-de-Nippes, Corail, Jérémie, Moron. Am anderen Inselende angelangt, wollten wir gerade umkehren, als uns an einer Wegeinfahrt ein weißes Holzschild auffiel, auf dem in ungelenker Schrift ein Name stand, der uns bezauberte: *Les Abricots*.

Ein leichter Druck auf mein Knie, ein Lächeln, ein Blick zu dem Weg hin: Gut, fahren wir.

Als wir ein paar Minuten zwischen zwei Zukkerrohrfeldern durch den Staub geholpert waren, tauchte ein Holzhaus mit grünen Lattentüren auf, daneben Hühner und ein paar Kinder, die uns bis vor die Räder liefen. Unweit davon noch einmal ein ganz ähnliches Haus, dann noch weitere, ein Teich, Pferde mit gefesselten Füßen. Der Abend brach herein. Wir hatten bis dorthin gute drei Stunden gebraucht; nun mußten wir entweder sofort wieder zum Golf von Gonaïves zurückfahren oder uns an Ort und Stelle nach einer Übernachtungsmöglichkeit umsehen.

Ich fragte Sarah: «Möchtest du zurück?»

Sie lächelte ein wenig steif.

«Eigentlich nicht. Es wird ja hier in dem Dorf oder in einem anderen irgendwo ein Zimmer zu finden sein. Und unsere Koffer holen wir eben morgen früh kurz vor dem Abflug aus dem Hotel ab.»

«Einverstanden. Fahren wir weiter.»

Vor uns gliederten sich am Teichufer etwa zwei Dutzend niedrige Häuser um einen Platz herum, auf dem zwei Straßen sich im rechten Winkel kreuzten. Fassaden von zweifelhaftem Weiß, ockerfarbene Fensterläden vor dunklen Höfen. Im Hausinnern Küchengeklapper und Kinderlärmen. Im ersten Stock jeweils ein großer, violett gestrichener Balkon, auf dem Gestalten hin und her huschten. Entlang den beiden Straßen strebte eine Menschenmenge, die unmöglich nur aus diesem Dorf stammen konnte, auf die am Platz gelegenen Behausungen zu.
Die Frauen lächelten, waren stolz auf ihre Spitzenblusen, ihre langen, verblichenen Kleider, ihre Reifröcke und ihre hochgetürmten Haarknoten. Die Männer hingegen schritten gravitätisch einher, in alten, fleckigen und zerknitterten Gehröcken, aus denen manchmal ein vergilbtes Jabot herausragte; an den Füßen trugen sie schwarze, auf Hochglanz polierte Schuhe.
«Sehen wir doch mal, was da los ist», sagte Sarah. «Park auf dem Platz.»
Die Menge zog ohne Erstaunen an uns vorbei, weder feindselig noch übermäßig freundlich. Wir wußten nicht so recht, ob wir aussteigen

sollten. Da kam eine alte Frau, deren weiter, bestickter Rock wohl einmal malvenfarben gewesen sein mochte, nahm Sarah bei der Hand und zog sie mit einem breiten Lächeln aus dem Wagen.

«Kommen Sie, der Ball wird gleich anfangen! Seien Sie willkommen. Steigen Sie nur aus! Es gibt ein gutes Essen. Seien Sie unsere Gäste.»

Die seltsame, zugleich heisere und gezierte Stimme brach das dichte Schweigen, das bisher geherrscht hatte.

«Gehen wir mit!» flüsterte Sarah. «Das dürfen wir uns nicht entgehen lassen.»

Wir folgten dem malvenfarbenen Rock inmitten der bunten Menge. Dann standen die zwei Flügel einer Tür offen; dahinter ein weiter Innenhof, ein Brunnen, blühende Flamboyants, Strohstühle an etwa zwei Dutzend Holztischen. Ganz hinten neben einer Treppe ein Podium mit fünf Geigern. Der malvenfarbene Rock führte uns zu dem Tisch, der dem Podium am nächsten stand, und bedeutete uns, Platz zu nehmen. Drei andere alte Frauen gesellten sich zu uns. Lachend und schreiend setzten sich die Menschen nach und nach an die Tische und auf die Stufen. Dann trugen Frauen, die anscheinend aus anderen Häusern kamen, irdene Platten herbei: gekochte Hühnchen, Jamswurzeln, Süßkartoffeln, überbackene Chayoten. Wir brauchten uns keinerlei Gewalt anzutun, um mit guten Appetit zu essen. Die Frauen um uns herum lächelten und sahen verstohlen zu uns her, wie wir reagieren würden. Wir lächelten zurück.

Gegen Ende des Essens stimmten die Musiker so etwas wie ein Menuett von Lulli an, ganz ordentlich übrigens. Der jüngste Geiger, der eine Art Smoking und einen Zylinder trug, spielte sogar richtig gut. Mir kam es so vor, als blicke er unverwandt zu mir her. Die Musik wurde allmählich lauter, schneller, und die Menge versank in Schweigen. Ein beinahe furchterregendes Schweigen. Eine der alten Frauen beugte sich zu mir herüber und flüsterte mir zu: «Würden Sie gerne tanzen?»

Ich lächelte:

«Tanzen? Auf die Idee wäre ich gar nicht gekommen ...»

Sie wurde feierlich.

«Nachher wird es erlaubt sein, zu tanzen. Jetzt noch nicht.»

«Warum nicht?»

Mit noch gedämpfterer Stimme sagte sie:

«Weil jetzt *sie* dran sind.»

Sie hatte so leise gesprochen, daß Sarah neben mir es vielleicht nicht gehört hatte. Ich selbst war mir nicht sicher, richtig verstanden zu haben. Niemand stand auf. Die Tanzfläche war leer. Keiner rührte sich. Ich fragte:
«Sie? Wer, sie?»
Die Alte lächelte, stand auf, sah sich um und nahm dann wortlos wieder Platz. Sarah starrte sie an, vielleicht schon mit aufkeimender Besorgnis.
«Na, die Toten natürlich. Sie tanzen immer vor uns.»
Sarah erschauerte. Die Alte drehte sich zu ihr, sah sie lange an und fuhr dann etwas lauter fort: «Ängstigen Sie sich nicht, die sind nicht gefährlich. Für uns interessieren sie sich gar nicht, solange wir ihnen nur den Vortritt lassen. Wenn sie genug haben, hören sie mit dem Tanzen auf. Dann sind wir dran. Bis dahin müssen wir uns eben gedulden.»
Sie sagte das mit völligem Ernst, als beschriebe sie etwa das Protokoll an irgendeinem Fürstenhof.
Die Melodie wurde langsamer, die Musiker hörten einer nach dem andern zu spielen auf, außer dem Geiger im Smoking. Das Licht wurde schwächer, als hätte jemand den Groß-

teil der Kerzen ausgeblasen. Die Menschen um uns herum waren statuengleich erstarrt, manche in den unbequemsten Stellungen.
Ich flüsterte meiner Tischnachbarin zu: «Tanzen *sie* jetzt?»
Sie bejahte mit vielsagendem Lächeln. Darauf ich: «Aber wie wollen Sie denn wissen, wann Ihre Toten müde sind?»
Ihr Lächeln verlosch. Sie kehrte mir den Rücken zu und sah auf die Tanzfläche. Ich blickte zu Sarah, die mir ein schüchternes, beunruhigtes Zeichen machte. Der Geiger stieg von seinem Podium herab und grüßte lange in die schweigende Menge hinein, ohne dabei in seinem Spiel innezuhalten. War vielleicht er der Zeremonienmeister? Ich konnte ihn nun eingehender betrachten. Er war mager und schlaksig, schmalgesichtig, fast ein Jugendlicher noch; sein Abendanzug machte einen neueren Eindruck als die der andern. Seine Bogenstriche verlangsamten sich, schließlich verharrte er still. Ein Bratschist löste ihn ab und nahm unbeholfen die Melodie dort wieder auf, wo sie verklungen war. Der junge Mann wiederum zog blaue und gelbe Zettelchen aus den Taschen und ließ sie in seinen Hut fallen. Dann ging er von Tisch zu Tisch und legte sie den

Leuten hin, wobei er jeden in der Manier eines Grandseigneurs mit einer gemurmelten Höflichkeit bedachte. Er kam auch zu mir und hielt mir feierlich seinen Hut hin.

«Guten Tag, mein Herr», flüsterte er mir ins Ohr. «Ich fühle mich außerordentlich geehrt, Sie an diesem ... nun ja, etwas besonderen Abend zu unseren Gästen zählen zu dürfen. Mein Name ist Livre Sterling. Ich möchte Sie bitten, eines dieser Papierchen zu nehmen, ein blaues ... sehr schön! Was für eine Nummer steht darauf? Fünf? ... Ausgezeichnet. Sie werden nachher mit der Dame tanzen, der die Nummer fünf auf einem gelben Zettelchen zugefallen ist. Ich bin entzückt, Ihre Bekanntschaft gemacht zu haben.»

Er grüßte zum Abschied und fuhr mit dem Verteilen fort, überging aber Sarah, die sich darüber wunderte. Ihr lächelte er lediglich zu und kehrte dann mit dem leeren Hut zu dem Musiker zurück, der immer noch unverdrossen dasselbe Menuett herunterspielte; er legte seine Geige ab und klatschte in die Hände.

«Sie haben genug getanzt!» rief er. «Jetzt sind wir an der Reihe!»

Augenblicklich geriet Bewegung in die Zu-

schauermenge; jeder hielt fröhlich seine Nummer hoch und suchte nach seinem Tanzpartner.
Ich tanzte an jenem Abend mit einer sehr dicken Frau, die sich über meine Tolpatschigkeit köstlich amüsierte. Sarah hingegen tanzte ernst und konzentriert mit Livre Sterling.
Später, als sich die Menschen noch immer auf der Tanzfläche drängten, bat Livre Sterling uns, ihm in ein benachbartes Haus zu folgen, «um uns auszuruhen», wie er sagte.
Wir waren zwar noch nicht müde, taten aber, wie uns geheißen war: Vermutlich wollten die Dorfbewohner nun unter sich sein.
Als wir schließlich im Dunklen auf einem hölzernen Bett lagen, sprach ich Sarah darauf an, wie ernst sie den ganzen Ball über gewesen war.
«Du scheinst dich ja nicht besonders amüsiert zu haben ...»
Sie schüttelte den Kopf.
«Da täuschst du dich. Es war ein wundervoller Abend. Einer dieser intensiven Augenblicke, wie ich sie schon gar nicht mehr zu erhoffen wagte. Und ich bin glücklich, daß ich ihn zusammen mit dir erleben durfte ... Aber diese Geschichte mit den Toten, die vor uns tanzen,

die erstarrte Menge, dieser vollkommene Musiker, die schöne Musik ... Mir läuft es noch immer kalt den Rücken hinunter ... Glaubst du denn daran? Meinst du, daß ihre Toten wirklich hier waren, neben uns, auf der Tanzfläche?»

Sie schmiegte sich an mich. Meine Antwort schien sie voller Beklemmung zu erwarten.

«Natürlich glaube ich daran! Ihre Toten leben mit ihnen, essen mit ihnen, sprechen mit ihnen und feiern mit ihnen. Die Lebenden und die Toten unterstützen sich hier gegenseitig.»

«Sag mal, glaubst du wirklich, was du da sagst?»

«Aber ja doch! Überall auf der Welt leben die Toten mit den Lebenden in gutem Einvernehmen. Zumindest lebten sie früher so. Jahrtausendelang haben sich die Lebenden um die Sterbenden gekümmert, und die Toten sind den Lebenden nahe gewesen, haben ihnen geholfen und sie getröstet. Diejenigen Toten, um die man sich am besten gekümmert hatte, waren dann am meisten auf das Wohl der Lebenden bedacht. Im Westen ist das heute alles vorbei; wir lassen unsere Alten und Kranken im Spital vor sich hin siechen. Die Toten werden vergessen, noch bevor sie unter der Erde sind. Sie werden gemieden und gehaßt. Deshalb rächen sie sich, indem sie uns unserer Misere überlassen. Das nennt man dann Zivilisation.»

«Jetzt übertreibst du aber! Es stirbt nicht jeder allein im Krankenhaus ... Und überhaupt, ob nun dort oder irgendwo anders! Nach dem Tod gibt es ohnehin nichts. Und wird es nie etwas geben.»

Daß sie so verzweifelt war, hatte ich nicht geahnt. Den entsetzlichen Gedanken an das Nichts kann nur eine Frau ertragen. Mit unbeholfenen Worten versuchte ich es ihr zu erläutern.

«Nichts? Das kommt darauf an, wie der erste Tag nach dem Tod verläuft, was wiederum davon abhängt, wie einer gelebt hat.»

«Das ist also alles, was du vom Leben erwartest?» sagte sie. «Daß es dich auf den Tod vorbereitet? Etwas weniger morbide Ambitionen hast du nicht? Mir ist allein schon der Gedanke an eine Ewigkeit verhaßt. Ich bin seit jeher der Meinung, daß jemand, der an so etwas glaubt, das Leben verabscheuen muß.»

Wie sollte ich ihr meine Gewißheit vermitteln? Welche Worte sollte ich wählen, um ihr nicht ... alles zu bekennen?

«Sag das nicht, damit tust du mir unrecht. Ich erwarte alles vom Leben. Nur erhoffe ich mir nichts davon. Am Ende aller Freuden und Erfolge steht nämlich eine Mauer, an der jeder zerschmettert. Jenseits dieser Mauer aber ist alles möglich. Der erste Tag nach dem Tod ist der Übergang vom einen zum anderen; er ist wie ein Prisma, an dem sich die Ziele scheiden.»

Sie löste sich von mir, setzte sich mit angezogenen Beinen im Bett auf, legte den Kopf auf die Knie und war plötzlich ganz ernst.

«Erklär mir doch mal, inwiefern ein einziger Tag über die Ewigkeit entscheiden soll! Etwas Ähnliches hast du mir schon neulich in Aspen gesagt. Ich habe es aber nicht verstanden.»

Ich fühlte mich dazu gedrängt, von Dingen zu reden, die schon allzulange in mir verborgen waren. Die ich aber nicht zu offenbaren gewillt war. Jedenfalls nicht ihr.

«Wenn ein Mensch am ersten Tag nach seinem Tod von den Lebenden gut behandelt wird, darf er auf die Ewigkeit hoffen. Wenn er aber schlecht behandelt oder ganz einfach vernachlässigt wird, dann wird er ins Reich des Nichts eingehen.»

«Wo hast du denn das her? Von welcher bar-

barischen Religion beziehst du diese grotesken und ungerechten Regeln? Niemand kann irgendwie beeinflussen, was am ersten Tag nach seinem Tod geschieht. Wenn der erste Tag über die Ewigkeit entscheidet, dann ist diese ein reines Zufallsprodukt.»

Also mußte ich noch mehr erklären, mußte viel zu viel aus mir herausgehen. Ich war mir sicher, daß ich das eines Tages bereuen würde. Langsam setzte ich an.

«Wenn du geliebt worden bist, wenn du Glück oder Hoffnung geschenkt hast, dann findet sich zwangsläufig jemand, der dir am Tag deines Todes die Augen zudrückt, zwei große Kristalleuchter an deinem Bettende aufstellt und darin zwei schwarze Kerzen anzündet; jemand, der deine Freunde zusammenruft, für eine Totenwache und für Gebete sorgt und dich mit deinen liebsten Erinnerungsstücken umgibt. Mit anderen Worten, der dir über die Schrecken dieses Übergangs hinweghilft.»

Sie dachte lange nach und sagte dann in sanftem, verängstigtem Ton: «Glaubst du, daß die Toten ihren ersten Tag miterleben?»

«Ja. Das glaube ich. Auf jeden Fall müssen die Lebenden an dem Tag so tun, als ob die Toten ihnen zuhörten. Sie müssen für sie sprechen.»

Sie lauschte aufmerksam; nie vorher war sie mir so zugänglich erschienen. Wir verspürten beide nicht das Bedürfnis, näher zueinanderzurücken oder uns zu berühren. Wir waren in jenem Augenblick jenseits aller Liebkosung.
Leise sagte sie dann: «Das also verstehst du unter einem gelungenen Leben? Wenn du jemanden findest, der sich um deinen Tod kümmert?»
So hatte ich das noch nie gesehen.
«Gewissermaßen ja.»
«Aber das ist ja ebenso unsinnig wie ungerecht! Es kann doch passieren, daß man allein stirbt, fern von allen Verwandten und Freunden, durch einen Unfall. Dann hätte man sein ganzes Leben als ehrenwerter Mensch zugebracht und wäre am Ende um die Ewigkeit betrogen. Das wäre doch skandalös! Wenn zum Beispiel wir heute nacht hier sterben würden; wenn wir morgen früh nicht aufwachten (ausgeschlossen ist das ganz und gar nicht; man könnte uns etwa Gift ins Essen gemischt haben, oder sonst irgend etwas), wie würde dann der erste Tag nach unserem Tod aussehen? Stell dir das mal vor! Da würden wir hier als zwei Leichen herumliegen und diesen auf Unauffälligkeit bedachten Bauern ziemlich

lästig fallen. Sie würden nicht wissen, was sie mit uns anfangen sollen: bestenfalls würden sie uns in einen Lieferwagen laden und uns nach Port-au-Prince zurückfahren; schlimmstenfalls würden sie uns im Meer verschwinden lassen, um keinen Ärger mit der Polizei zu bekommen – und das ist auch die wahrscheinlichste Hypothese. Ein schöner erster Tag! Und dir zufolge wäre doch damit unsere ganze Ewigkeit verdorben?»

Dieses reglose Ungestüm ... Was für eine Empörung verbarg sich nur dahinter?

«Also, du bist einfach zu realistisch, zu ... amerikanisch! Gleich wirst du von den Bestattungskosten anfangen, von Überführung und Versicherungen! Sieh doch die Dinge einmal anders. Versuche, über das Sichtbare hinauszudenken. Ich weiß, daß du das kannst, du hast so viel Gespür für alles ... Wie diese Leute uns morgen behandeln würden, falls wir in der Nacht hier sterben sollten, käme darauf an, wie wir uns heute abend ihnen gegenüber verhalten haben. Wir haben ihr Fest zu würdigen gewußt, haben ihre Traditionen respektiert und sie schließlich unter sich gelassen, als sie uns darum gebeten haben, weil sie sich wohl um Dinge zu kümmern hatten, die uns nichts angehen – vielleicht wollten sie mit ihren Toten sprechen. Somit gibt es nun keinerlei Grund für sie, nicht auch unsere Sitten zu achten. Sollten sie uns am Morgen tot auffinden, so würden sie bestimmt tun, was sie für uns am besten halten würden. Sie würden uns nach Port-au-Prince zurückbringen und dabei für uns beten.»

«Wie kannst du nur so optimistisch sein? Das paßt gar nicht zu dir.»

«Das hat überhaupt nichts mit Optimismus zu tun. Ich stelle lediglich fest, daß das für sie das vernünftigste Verhalten wäre. Wenn diese Bauern unsere Leichen beseitigten, würden sie sich damit ziemliche Unannehmlichkeiten auf den Hals laden. Selbst wenn sie uns ins Meer werfen würden, käme irgendwann einmal heraus, daß wir hiergewesen sind!»

«Wer sollte denn das wissen? Wer weiß überhaupt, daß wir auf Haiti sind?» (Sie erstarrte plötzlich.) «Oder hast du etwa ... Ihr etwas gesagt?»

Ich zögerte einen Augenblick. «Ja, ich habe es Ihr erzählt. Ich sage Ihr immer, wo ich hinfahre. Ich habe Ihr versprochen, sie morgen früh anzurufen. Wenn ich das nicht tue, wird Sie sich Sorgen machen und mich suchen. Und mich irgendwann auch finden ... Und selbst wenn Sie mich nicht fände, wäre Ihre Sorge so viel wert wie sämtliche Gebete.»

Schmollend wandte sie sich ab. Von Ihr erzählte ich ihr nur selten. Einer stillschweigenden Vereinbarung gemäß erwähnten wir nichts, was sich zwischen uns stellen konnte. Ich hatte ihr nie verhehlt, was Sie für mich bedeutete; Sarah schien das akzeptiert zu haben wie ein unsichtbares, unüberwindliches Hindernis.

Sie schwieg eine Weile und rückte dann näher zu mir her, als wolle sie mir bewußt machen, zu was für einer ernsten Aussage sie sich gleich durchringen würde.

«Wenn ich heute nacht hier mit dir sterbe, dann wird sich kein Mensch um mich sorgen.»

Erschüttert über diese erstickte, furchtbar ferne Stimme, wußte ich nicht so recht, was ich antworten sollte, und stammelte schließlich: «Woher willst du denn das wissen? Vielleicht fragt sich gerade jetzt in diesem Augenblick deine Mutter in Rom, wo du bist und was du machst. Das allein würde dich schon retten. Die Entfernung spielt da keine Rolle ...»

Sie zuckte die Schultern.

«In Rom ist es jetzt sieben Uhr morgens; meine

Mutter ist vermutlich mit einer Dosis Kokain und ihrem momentanen Liebhaber spät ins Bett gegangen. Gegen zwei Uhr nachmittags wird sie wieder wach werden. Dann wird sie sich fragen, was dieser Kerl in ihrem Bett macht, wird ihn hinauskomplimentieren und sich überlegen, mit wem sie die nächste Nacht verbringen soll. Jetzt gerade schläft sie ... Oder ist vielmehr vollkommen betäubt. Wie soll sie da an mich denken? Und morgen wird sie das genausowenig tun.»

Ich ging noch einen Schritt weiter.

«Denkt niemand anderer an dich?»

Nie zuvor hatte ich sie gefragt, ob es außer mir noch jemand anderen gebe. Nie hatte ich gewagt, mich derart in ihr Leben einzumischen: Damit gab ich ihr nämlich das Recht, auch in das meine einzudringen.

Nüchtern antwortete sie: «Nein, niemand denkt an mich. Niemand. Und wenn ich sterben würde, würdest nicht einmal du an mich denken. Es sei denn, du würdest auch sterben ... Siehst du, es wäre also besser, wenn wir zusammen sterben würden. Vielleicht nähmst du mich auf diese Weise mit in deine Ewigkeit, wie auch immer sie beschaffen sein mag.»

Gerührt nahm ich ihre Hand.
«Ja, ich werde dich mit in mein Paradies nehmen. Oder du wirst vielmehr eines fernen Tages dorthin nachkommen, denn du bist noch viel zu jung, um an so etwas zu denken. Ich dagegen ...»
«Ich glaube einfach nicht an diese ganzen Geschichten. Wenn das alles wahr wäre, dann wäre die Welt der Toten schlimmer als die der Lebenden: noch absurder und kümmerlicher. Hienieden hängen vom Zufall Reichtum und Armut, Liebe und Haß ab. Im Jenseits entschiede der Zufall über die Ewigkeit ... Da ist mir der Gedanke lieber, daß es nach dem Tod nur das Nichts gibt, das gleiche Nichts für alle! Das Nichts ist wenigstens gerecht.»
Wie sollte ich hier nur wieder herausfinden? Wie dieses Gespräch beenden? Oder bewirken, daß es nie angefangen habe?
«Das ist Gotteslästerung, meine liebe Sarah. Dein Leben ist nicht so unglücklich verlaufen, als daß du so etwas denken dürftest.»
Gereizt rief sie aus: «Was weißt du denn schon? Was weißt du über mein Leben? Über den Haß, mit dem es mich gesättigt hat? ... Und das deine? War das immer so rein? Nie wirst du mir das weismachen können!»

Sie hatte die Arme um die Beine geschlungen, ihr Kinn ruhte auf den Knien, und durch ihren Ausbruch war sie ein wenig ins Keuchen geraten.

Ich hätte Gott weiß was gegeben, wenn dieses Gespräch nur niemals angefangen hätte. Versuchsweise sagte ich: «Es geht gar nicht um Reinheit, sondern um Vernunft.»

«Um Vernunft? Die Vernunft ist eine Männererfindung, die nur die Frauen zum Schweigen bringen soll ... Du glaubst doch nicht wirklich und wahrhaftig, daß die Ewigkeit vom ersten Tag nach deinem Tod abhängt. Das kann doch nicht dein Ernst sein! Denk doch nur mal an deinen Vater ...»

Das saß. Viel mehr noch, als sie ahnte!

Sie besann sich ein wenig und fuhr dann fort: «Verzeih mir ... Das hätte ich nicht sagen sollen ...»

Ich spürte, daß sie sich am liebsten in meine Arme gestürzt hätte, kam ihr aber in keiner Weise entgegen. Mit belegter Stimme sagte sie leise: «Entschuldige, es tut mir wirklich leid, daß ich das gesagt habe.»

«Aber das macht doch nichts. Du hast ja recht, vollkommen recht! Mein Vater war nicht allein, als er gestorben ist. In Gedanken war ich bei ihm ... Ich habe so nach ihm gesucht an jenem Abend ...»

Ich war am Ende; am Ende mit meinen frevelhaften Lügen, und überzeugt, daß sie mich noch einmal teuer zu stehen kommen würden. Ach, hätten wir doch nur von etwas anderem sprechen können!

Erneut schwiegen wir eine Weile, dann fragte sie sanft: «Hast du diese Ansichten von ihm?»

Wieder hatte sie ins Schwarze getroffen ...

«Das, mein kleines Mädchen, werde ich dir heute nicht sagen. Vielleicht später einmal. Wenn ich dich besser kenne, werde ich es wagen, dir meine Kindereien anzuvertrauen ... Hoffentlich weißt du sie dann ernst zu nehmen!»

Sie fiel mir um den Hals, wodurch diesem Gespräch ein Ende bereitet wurde.

Warum habe ich nur damals nicht von meinem Vater erzählt? Warum habe ich ihr nicht gesagt, womit er meine Kindheit geprägt hatte? Seine Dialoge mit den Toten, seine Reisen zu ihnen? Warum habe ich ihr nicht die Wahrheit gesagt?

Nein, nicht an jenem Abend. Noch nicht ... Nie vermutlich. Ich dachte, sie würde mich nicht verstehen. Würde mir meine Geschichten übelnehmen. Sie hält mich für einen rationalen Professor, einen zynischen Diplomaten. Wahrscheinlich liebt sie mich deswegen. Ich bin ein ruhender Pol für sie. Mir ist es ganz recht, daß sie mich auf diese Weise liebt: Wer vor Ungemach gefeit sein will, darf bei flüchtigen Liebschaften nie ganz aus sich herausgehen. Und daß das mit Sarah einmal vorbei sein würde, wußte ich vom ersten Tag an. Sie ist für mich nur ein Spiegel. Und um mich länger in demselben Spiegel anzuschauen, liebe ich mich nicht genug ...

Nie werde ich vergessen, was sie ein wenig später zu mir sagte.

«Lieben werde ich nur einmal. Und zwar ohne Ausweg. Ohne Ende, denn ohne Ausweg ... Und wenn es doch einen gibt, werde ich ihn zumauern.»

Ich war nicht sicher, ob ich richtig verstanden hatte, aber nachfragen konnte ich nicht mehr, denn schon war sie in tiefen Schlaf gesunken.

Das Telefon läutet ... Von fern? Nein, hier auf dem Tisch. Sarah geht hin, zögert aber. Beim vierten Läuten hebt sie ab.

«Ah, hallo Evlyn, danke, daß du mich zurückrufst ...»

«...»

«Ja.»

«...»

«Nichts Schlimmes ... Das heißt, eigentlich schon ... Aber das erzähle ich dir lieber woanders. Wir müssen uns unbedingt sehen.»

«...»

«Nicht gleich, ich habe hier noch zu tun ... Sagen wir, in eineinhalb Stunden?»

«...»

«Nein, brauchst du gar nicht. Ich komme schon selber. Treffen wir uns in der Cafereria vom *Plaza* zum Mittagessen?»

«...»

«Mach dir keine Sorgen. Bis gleich.»

Sie legt auf. Was wird sie jetzt tun? Hinter der Doppeltür höre ich Stimmen: Die Besprechung, die sie vorhin erwähnte, hat wohl schon angefangen, ohne sie. Worum geht es wohl? Ach ja, jetzt fällt es mir wieder ein: Seit Monaten versucht ihre Agentur schon, Kunsthändler für eine Retrospektive indianischer Malerei zu interessieren. Heute vormittag nun sollte sie diesen Vorschlag den Leitern einer der größten New Yorker Galerien unterbreiten. Und die sind jetzt da. Sie wundern sich über Sarahs Abwesenheit. Max zeigt ihnen Bilder, damit sie nicht ungeduldig werden.

Diese Besprechung bestätigt mir, daß ich tatsächlich tot bin: Träumen kann man wohl nicht mit solcher Genauigkeit, was am nächsten Tag alles geschieht. Sarah hört wie ich die Geräusche von nebenan. Sie ist unschlüssig, geht schließlich auf die Tür zu. Ob sie hinübergehen wird? Schwierig. Dabei liegt ihr sehr viel an dieser Ausstellung! In nichts anderes hat sie in letzter Zeit so viel Hoffnung gesetzt.

An einem Augustnachmittag, als wir zum erstenmal gemeinsam nach Aspen kamen, schleppte sie mich durch die wenigen Dorfstraßen auf der Suche nach indianischen Stiefeln, die mir – wie sie versicherte – ausgezeichnet stehen würden. In mehreren Läden probierte ich welche an. Ich hatte Mühe zu gehen, wenn meine Anzughose in solchen engen Lederröhren steckte. Sie lachte sehr. Schließlich konnte ich ihr das Ganze ausreden.

Zum Hotel wollte sie zu Fuß gehen. Das Wetter war schön.

«Du hättest doch welche kaufen sollen, das sind echte indianische Stiefel. In Europa findest du die nirgends.»

«Soll ich etwa mit so etwas in den Gängen der Kommission herumlaufen?»

«Warum denn nicht? Die sind wunderbar, echte Handarbeit.»
«Fabrikarbeit meinst du wohl. Aus Denver oder Taiwan.»
«Ach, hör doch auf zu spotten. Die werden hier von Künstlern hergestellt.»
«Von Künstlern? Jetzt mach aber halblang!»
«Wenn ich es dir sage, bei den Indianern gibt es Künstler, große Künstler sogar ...»
«Kunsthandwerk ist das höchstens, aber keine Kunst. Von indianischen Künstlern habe ich noch nie etwas gehört.»
«Du täuschst dich, es gibt sogar ganz ausgezeichnete ... Selbst Maler ...»
«Maler? Das glaube ich dir nicht. Da hat man ja noch keine Spur davon gesehen!»
Sie sah mich zögernd an und flüsterte dann: «Wenn wir zurück im Hotel sind, zeige ich dir etwas, was niemand kennt, nicht einmal meine Schwester oder mein Bruder, und meine Mutter schon gar nicht.»
«Was denn?»
«Das wirst du schon sehen.»
Im Hotel fuhren wir dann ins letzte Stockwerk hinauf und kamen an dem Zimmer vorbei, in dem ihr Vater gewohnt hatte. Von dort aus sah er gern die Sonne hinter dem Mount Elbert

aufgehen. Eine schmale Treppe führte zu einem Hängeboden hinauf. Sarah öffnete das Türschloß und zwei Vorhängeschlösser und ließ mich in einen langen Raum eintreten, in dem, sorgfältig in hölzerne Mappen verstaut, Dutzende, wenn nicht gar hundert Gemälde jeglichen Formats gestapelt waren. Noch heute habe ich diesen dubiosen Ölgeruch in der Nase.

Sie drehte sich zu mir um und sagte voll stolzer Ironie: «Bitte, sieh sie dir ruhig an, worauf wartest du noch? Du darfst alles aufmachen.»

Aus Geratewohl nahm ich einige Bilder heraus: Landschaften, recht hübsch gezeichnete Tiere, ein paar schöne Farbharmonien; nichts Weltbewegendes. Die Werke besserer Hobbymaler.

Triumphierend fragte sie: «Na, gefallen sie dir?»

«Sie sind gar nicht schlecht ... Wer hat sie denn gemalt? Dein Vater?»

Sie lachte lauthals.

«Nein, der nicht, der Arme ... Das ist die größte Sammlung indianischer Malerei auf der ganzen Welt. Er hat hier die besten Gemälde zusammengetragen, die von Sioux, Schoschonen, Hopis, Komantschen und Apatschen seit Anfang des Jahrhunderts gemalt worden sind. Und nebenan, falls du das auch noch sehen willst, sind wunderschöne Keramiken. Aber seine wahre Leidenschaft galt der Malerei. Ich bin sicher, daß hier die Werke einiger der größten Künstler Amerikas versammelt sind. Und ich werde dafür sorgen, daß sie auch bekannt werden!»

Ich war verdutzt über ihre Begeisterung. Wie konnte sie mit ihrem sicheren Geschmack von so etwas hingerissen sein ...

«Ja, ich verstehe schon, sie sollen bekannt werden ... Das wird aber vielleicht ein wenig schwierig sein ...»

Überschwenglich redete sie weiter.

«Ganz und gar nicht, es ist schon alles vorbereitet; mir schwebt eine Ausstellung all dieser Bilder in einer großen New Yorker Galerie vor. Daran arbeite ich, und bald ist es soweit. Dann wird allgemein anerkannt werden, wie ungeheuer wertvoll sie sind. Einen Vorgeschmack gibt es schon im Dezember mit der Retrospektive eines Schoschonenkünstlers. Da kommst du doch, oder? Das wird in New York wie eine Bombe einschlagen. Amerika hat doch die Indianer immer als gefährliche Schmarotzer und Untermenschen angesehen, um ihnen guten Gewissens ihr Land rauben und sie niedermetzeln zu können. Nie durften sie Maler oder Musiker sein. Mit diesen Bildern wird sich alles ändern; man wird sie entdecken, sie ernst nehmen. Später werde ich aus dem Ganzen ein Museum machen. Dann wird man einsehen, daß mein Vater nicht nur Hotelier war.»

Wie sollte ich ihr begreiflich machen, daß ihre Leidenschaft etwas Besseres verdiente als diese schlechten Gemälde? Mir war die Situation peinlich; das spürte sie und war mir deswegen böse. Der Rest des Tages war traurig wie die Heimfahrt von einer Beerdigung ...

Sarah wird nicht zu dieser Besprechung gehen, davon bin ich überzeugt. So schwer es ihr fallen mag, wird sie doch nicht hingehen. Sie kehrt zum Telefon zurück, wählt eine Nummer und wartet. Vergeblich. Sie wählt noch einmal; wieder ohne Erfolg. Sie bedenkt sich ein wenig und wählt dann eine längere Nummer – eine ausländische vielleicht. Wen ruft sie an? Es meldet sich jemand. Anscheinend auf französisch. Sie verlangt Emmanuel. Na endlich! Aber ... sie spricht ja plötzlich ein fast akzentfreies Französisch! Bisher lebten wir auf englisch, weil sie ihr Französisch als zu holp-

rig bezeichnete. Das war es auch: bezaubernd und holprig. Und jetzt ist es auf einmal perfekt! Fast schon manieriert. Nimmt man etwa nach dem Tod die Worte plötzlich anders wahr?
Mein Bruder ist nicht da. Das war vorauszusehen: In seiner Kanzlei hält er sich nie lange auf. Er arbeitet nicht besonders gern, und überhaupt verbringt er nie viel Zeit in Rouen. Wahrscheinlich ist er schon unterwegs zu seinem Gestüt in Sotteville. Er interessiert sich mehr für die Abstammung seiner Pferde als für die seiner Klienten. Ohne in ihren Kalender zu sehen, wählt Sarah noch eine Nummer, wieder im Ausland – sie ruft bei Emmanuel zu Hause an, wie ich aus dem Gespräch schließe. Wieso kennt sie denn die Nummer auswendig? ... Mein Bruder kommt in ein paar Stunden nach Hause. Sie legt auf. Also wird er es erst heute abend erfahren.
Das ist mir gerade recht. Ohnehin könnte er nicht mehr vor morgen mittag in New York eintreffen. Und selbst dazu müßte er den Flug um elf Uhr erreichen. Er steht aber ungern früh auf! Er ist herrlich träge, kommt überall zu spät ...
Sarah scheint sich zu entspannen. Sie lächelt fast ... Der erste Tag nach meinem Tod liegt in ihren Händen. Was wird sie damit anfangen?

Zögernd steht sie neben mir und blättert in ihrem Notizbuch. Auf den Block neben dem Telefon notiert sie eine Nummer, wählt sie dann, legt aber auf, bevor sie damit zu Ende ist. Die Hand läßt sie auf dem Telefon ruhen. Ich bin sicher, daß es Ihre Nummer ist. Sie ruft Sie an ... Das will ich nicht! Ich will nicht, daß sie mit Ihr spricht! Sie darf Ihr nicht die Nachricht von meinem Tod mitteilen, denn sie wäre imstande, dabei schonungslose Worte zu benutzen; ohnehin hat sie schon alles getan, um mich Ihr zu entfremden; ich habe noch im Ohr, was für giftige Bemerkungen sie über mein Alter und Ihr Alter gemacht hat, über die Unbeständigkeit familiärer Bande und die Nichtigkeit aller Gewohnheit.
Sie dagegen hat Sarah nur durch Schweigen bekämpft. Bisher hatte Sie nichts gegen die Mädchen gehabt, die es in meinem Leben gab: Sie amüsierte sich vielmehr darüber, und in gewisser Weise war Sie sogar stolz darauf. Sobald Sie aber von Sarah zu ahnen begann, faßte Sie sie als Feindin auf. Nicht als Konkurrentin oder Rivalin: als Feindin. Jedesmal, wenn ich nach New York flog, weigerte Sie sich, mich zum Flughafen zu begleiten und fand tausend mehr oder weniger plausible

Vorwände, um in der Wohnung in der Rue de Ten Bosch schmollen zu können.
Verlassen wollte ich Sarah nur ihretwegen. Um Ihr kein bißchen mehr weh zu tun und Sie noch ein wenig zu behalten. Und daß ich gerade heute Schluß machen wollte, rührt daher, daß gestern die beiden zum erstenmal miteinander gesprochen haben.

Kaum hatte ich die erste Schlaftablette geschluckt, wollte ich Ihre Stimme hören ... Mir war danach zumute, mich von Ihr beruhigen zu lassen. Ich rief Sie an. Es war fünf Uhr morgens in Brüssel, am 13. Dezember. Ich bin sicher, daß ich Sie nicht geweckt habe: Sie hob sofort ab, als habe Sie meinem Anruf erwartet. Ich sagte Ihr, daß ich noch am Abend eintreffen würde. Ohne Ihre Antwort abzuwarten, bat ich Sie, mit dem Zug nach Paris zu fahren und mich von der Concorde abzuholen. Sie sagte ja. Dann wartete Sie; Sie wußte, daß ich nicht allein deswegen anrief, denn ich teilte Ihr sonst nie mit, wann ich von New York zurückkommen würde. Und nie holte Sie mich dann ab.
Nach einer Weile fragte ich: «Geht es dir gut? Freust du dich, daß ich komme?»
Sie lachte kurz.

«Natürlich ... Aber es wundert mich; ich dachte, du hättest deinen Rückflug verschoben.»
Ach, diese ernste, reife Stimme, die so gar nicht zu Ihrem Alter paßte. Sie sagte: «Ist es also wirklich wahr? Du kommst morgen nach Hause?»
So traurig. Als ob Sie geweint hätte ... Wer konnte der Grund dafür sein? Ich ertrug das nicht.
«Wer hat denn das Gegenteil behauptet?»
Ich hörte ein dumpfes Geräusch, als sei Ihr der Telefonhörer aus der Hand gefallen; dann sagte Sie: «Sarah hat mich vorhin angerufen und gesagt, du würdest noch ein paar Tage länger in New York bleiben.»
Nie zuvor hatte Sie diesen Vornamen ausgesprochen. Ich wußte gar nicht, daß Sie ihn kannte. Es war mir furchtbar, ihn aus Ihrem Mund zu hören; da klang er wie eine lange abgewogene, blankpolierte Drohung. Ein ranziger Geruch, der die stille Morgendämmerung eines Gartens voller Alpenveilchen durchdringt.
Ich hatte so sehr gehofft, Ihr nie von Sarah erzählen zu müssen, mir so gewünscht, die beiden würden nie voneinander hören und für

immer in zwei getrennten, abgeschotteten Welten leben.
Absurd ... Ich hätte sie schon lange einander vorstellen sollen und dafür sorgen, daß sie sich näher kennenlernen. Vielleicht hätten sie sich gegenseitig akzeptiert, und dann wäre alles so einfach gewesen ... Zu spät, viel zu spät.
Das Schlafmittel begann mir die Sinne zu verwirren. Ich hatte Mühe, noch vollständige Sätze zu bilden.
«Sie hat dich angerufen? ... Ich wußte ja gar nicht, daß sie deine Nummer hat! ... Wann hat sie angerufen?»
«Vor etwa einer Stunde. Ich habe sie nur schlecht gehört, sie muß wohl von einer Kneipe aus telefoniert haben. Du, sie hat furchtbare Sachen gesagt. Aber jetzt ist das vorbei, jetzt ist alles gut, weil du heute abend nach Hause kommst.»
«Furchtbare Sachen? Ja, was mischt sie sich denn da ein? Und du, weißt du überhaupt, wer sie ist? Hast du schon einmal mit ihr gesprochen?»
Als hätte sie meine Fragen gar nicht gehört, sprach sie weiter.
«Paß bitte auf dich auf. Sie heckt etwas Fürchterliches aus, ich weiß nur nicht, was. Ich

spüre, daß eine große Kraft in ihr steckt. Sie will aufs Ganze gehen, egal, wie teuer es sie zu stehen kommt ...»
«Womit aufs Ganze gehen?»
«Das weiß ich nicht, woher soll ich das wissen? Aber ich habe Angst. Sei vorsichtig.»
Ich fand nicht die richtigen Worte, um Ihre Befürchtungen zu zerstreuen.
Nach einer Pause sagte Sie: «Ich bitte dich, Papa, paß auf dich auf. Sie wird alles tun, um dich zu halten. Weißt du, ich glaube, sie liebt dich.»
«Warum sagst du das, mein kleines Mädchen?»
«Weil es wahr ist und weil es sie ... maßlos macht.»
«Maßlos?»
«Ja, sie ist nicht wie die anderen, das fühle ich. Sie will alles ... so wie ich ... Das heißt, ich meine nur ...»
Ein langes Schweigen breitete sich aus. Ich brach es und stammelte: «Bist du mir böse?»
«Nein. Du hast mir zwar weh getan, aber ich weiß, daß du das furchtbar ungern tust. Traurig bin ich nur, weil dich diese Geschichte unglücklich gemacht hat.»
Entzückend! Schon mit fünf Jahren hatte Sie diese Anmut. Woher war Sie nur zu solchem

Mitgefühl fähig? Ich war zu gerührt, um antworten zu können. Ich sollte meiner Tochter weh tun, wegen einer flüchtigen Liebschaft? Nein, niemals! Aber wie sollte ich Sie davon überzeugen, noch dazu aus solcher Entfernung? Ich war kaum noch zu einem vernünftigen Gedanken imstande. Der Schlaf begann mich zu übermannen ...

«Ich kann jetzt nicht länger mit dir reden, Baby, ich schlafe schon ... Du holst mich doch morgen in Roissy ab, oder? Komm unbedingt. Ich muß dir einiges sagen. Fahr mit dem Zug. Ich habe das Auto am Flughafen gelassen, wir können also gleich zurück nach Brüssel fahren, einverstanden? ... Ich werde dir alles erklären. Du wirst sehen, es wird noch alles gut.»

Besorgt fragte Sie: «Du schläfst schon? Wie spät ist es denn in New York?»

«Ungefähr elf. Ich habe etwas eingenommen, um schlafen zu können.»

«Ach, Papa, das sollst du doch nicht! Du weißt genau, daß das deinem Herzen nicht bekommt. Das hättest du nicht tun sollen ... Vor allem heute abend nicht!»

Das war nun nicht mehr der gesetzte Tonfall eines Erwachsenen, sondern die Stimme eines furchtsamen Kindes.

«Mein liebes kleines Mädchen, mach dir bitte keine Sorgen. Wenn ich weg bin, kann ich ohne Schlaftabletten nicht einschlafen. Das ist nicht erst seit gestern so, und das weißt du auch. Aber gefährlich ist es nicht. Jeder nimmt so etwas. Morgen abend bin ich in Paris. Und dann werde ich fast jeden Abend zu Hause bleiben. Ich werde jetzt lange keine Reise mehr antreten müssen ... Das erkläre ich dir dann. Ich freue mich schon so darauf, dich zu sehen.»

«Ich auch. Bis gleich, Papa ... Ja, genau ... Heute abend werde ich bei dir sein, wo auch immer du bist.»

«Was redest du denn da? Ich werde in Paris sein. Und du auch.»

Schweigen. Ein seltsames Geräusch ... Ein Schluchzen? ... Sie legte auf.

Ich war allein ... Dann nickte ich ein ...

Das Meer, übereinanderschlagende Wellen ... Der Strand. Sonne. Katastrophe. Sturm. Dumpfes Dröhnen. Ich sehe zwei Männer, die sich prügeln ... Nein ... Sie prügeln sich nicht, sie schwimmen, dann sinken sie auf den Strand. Der eine trägt den andern. Der, der noch gehen kann, ist verletzt, der andere ohnmächtig. Am Waldrand brechen sie zusam-

men, niedergeschmettert von dem weißen Licht in der Stille nach dem Regen.
Ach, diese Stille!

Hinter der Wand einige lautere Satzfetzen, Türen gehen, die Besprechung ist zu Ende. Max begleitet die Besucher hinaus und klopft dann an der Schlafzimmertür.
«Sarah? Sie haben gesagt, daß sie uns innerhalb von acht Tagen Bescheid geben. Ich habe aber das Gefühl gehabt, daß sie nicht interessiert sind.»
Sie scheint darüber bestürzt. Dann setzt sie ein verschlossenes Gesicht auf.
«Aha ... Hast du mich bei ihnen entschuldigt?»
«Ja. Mach dir keine Sorgen, wir finden schon andere Galerien. Ich habe da ein paar Ideen, die erzähle ich dir morgen.»
Sarah zuckt die Schultern und sperrt sich dann lange im Bad ein. Als sie wieder herauskommt, ist sie leicht geschminkt. Warum kommt mir der Gedanke, sie habe geweint? Sie nimmt einen Mantel und einen Schal aus dem Schrank. Max hinter der Tür läßt nicht locker.
«Darf ich herein?»
Sarah nickt und öffnet ihm.
«Was willst du denn schon wieder?»

Max kommt herein und sieht sie fassungslos an.
«Was denn ... du gehst aus dem Haus?»
«Ja, ich gehe essen.»
«Essen? ... Hast du seinen Bruder erreicht?»
Sie schüttelt den Kopf.
«Du hast noch immer nichts unternommen? Das ist doch furchtbar leichtsinnig! ... Du mußt dich sofort darum kümmern! Wir können doch diese Leiche nicht hier liegenlassen ...»
Halb herablassend, halb gereizt lächelt sie.
«Mach dir keine Sorgen, Max. Ich habe die Nummer von Emmanuel in Rouen gefunden und bei ihm angerufen ...»
«Aha.»
«Er war aber nicht da. Erst in zwei Stunden ist er wieder zu Hause. Ich muß jetzt ein bißchen raus hier. Ich gehe mit Evlyn zum Mittagessen. Wenn ich zurückkomme, rufe ich zuerst Emmanuel an und dann die Polizei.»
«Aber Sarah, in zwei Stunden ist es schon reichlich spät! Viel zu spät! Der Coroner wird wütend sein, daß wir so lange gewartet haben. Dann bekommen wir Ärger. Ist dir das eigentlich klar? Wir sollten zumindest einen Arzt kommen lassen. Essen gehen kannst du

nachher! Wenn du willst, nehme ich das in die Hand.»

Zornig und den Tränen nahe, stößt Sarah heraus: «Nein, Max, ich will zuerst mit Emmanuel reden, und dann rufe ich die Polizei an.»

«Hör mal ...»

«Ich will jetzt gar nichts mehr hören, mein lieber Max. Ich nehme die ganze Verantwortung auf mich. Du brauchst dich nicht zu ängstigen, für dich besteht kein Risiko. Schließlich ist Julien in meinem Bett gestorben und nicht in deinem.»

Wütend dreht Max sich um, eilt hinaus und schlägt die Tür zu.

Sarah lächelt und verläßt nach ihm das Zimmer.

Ich lausche auf Geräusche. Im Speicher ist es still. Es wird wohl heute nachmittag niemand mehr kommen. Niemand traut sich neben einem Toten zu arbeiten.

Es dürfte jetzt ungefähr ein Uhr sein. Nun müßte ich eigentlich im Flugzeug sitzen. Vielleicht hätte Sarah mich zum Flughafen begleitet. Nein: ihre Arbeit ... Sie wäre nicht mitgekommen ... Das hat sie nie getan. Ich hätte ihr meinen Entschluß beim Weggehen mitgeteilt; oder telefonisch, von der Abflughalle aus ... Es wäre schwer gewesen, die richtigen Worte zu finden. Mühsam genug, zu lügen, um nicht weh zu tun. Aber lügen, gerade um weh zu tun ... Da ist es mir fast schon lieber, daß ich tot bin; wenigstens brauche ich ihr so nicht zu sagen, daß ich sie nicht mehr liebe.

Jetzt weiß ich es: Ich wollte Sarah nur verlassen, weil ich es nicht über mich brachte, mich von Ihr zu lösen ... Sie zu verlieren, bevor einmal Sie sich von mir lösen wird ...

Nie hätte ich mir vorstellen können, daß ich einmal lieber tot sein würde, als Sarah anlügen zu müssen.

Vielleicht bedeutet Leben das: frei genug zu sein, um niemanden mehr belügen zu müssen, nicht einmal sich selbst.

Da habe ich erst sterben und von der Zwangsjacke aller Nichtigkeiten befreit werden müssen, um diese letzte Wahrheit zu erhaschen.

War das wirklich ich, dieser hastige Liebhaber, dieser verklemmte Ehrgeizling, dieser schüchterne Weltmann? Vielleicht. Von dem, was er war, interessiert mich heute nichts mehr.

Dabei hat mich – ihn – noch vor wenigen

Stunden in Europa Wichtiges, Dringendes, Unumgängliches erwartet. Das löst sich nun auf, wird lächerlich in der Stille dieses Zimmers, dieser dunklen Starre, diesem ersten Leichentuch.

Nichts unternehmen, bei dem man sich nicht als unersetzlich erweist; nichts auch, was man nicht weiter betreiben würde, wenn man nur mehr acht Tage zu leben hätte. Das waren die beiden Grundsätze, die ich bei all meinen Vorhaben als Maßstab anlegte. Oder vielmehr anzulegen glaubte. Das war mir immer eine Beruhigung.

Ich weiß nunmehr, daß ich beiden Grundsätzen untreu geworden bin: Ich habe nie etwas Unersetzliches gemacht – mit Ausnahme von Ihr –; und wenn ich gewußt hätte, daß ich heute sterben würde, hätte ich meine gesamte Planung umgeworfen: Ich wäre nach Frankreich zurückgeflogen, nach Le Luc gerast, hätte meine Papiere aufgeräumt, meine Versicherungen überprüft – ich glaube, sie sind in Ordnung – und dann Tag und Nacht an meiner Biografie Nicolas de Staëls gearbeitet, um sie möglichst noch druckreif zu machen; sie ist beinahe fertig, ich hätte es also geschafft. Ich hätte auch sämtliche Notizen darin verarbeitet, die eigentlich für andere Bücher gedacht waren. De Staël wäre für mich nur ein Vorwand gewesen, um die tausendundeine Geschichte zu erzählen, die mich beschäftigt. Vielleicht wäre ich auch zum Beten in die Synagoge von Carpentras gegangen. Auf jeden Fall hätte ich die ganze Zeit in Ihrer Nähe verbracht. Hätte Ihr nochmals erklärt, wie ich mir vorstelle, daß der erste Tag nach meinem Tod gestaltet werden soll.

Sarah hätte ich natürlich vergessen ... Bei Ihr sterben ... Das hätte ich mir über alles gewünscht. Sie wird mir verübeln, daß ich hier bin. Ich ...

Nein ... Es ist furchtbar, dem Ende eines geliebten Menschen beizuwohnen, sein Leben verlöschen zu sehen, auf sein letztes Wort, seinen letzten Blick zu warten, ohne zu wissen, ob es auch wirklich die letzten sind.

Im Grunde genommen ist es besser so; es wird Ihr einiger Kummer erspart bleiben.

Bedeutet tot sein etwa, daß man anfängt, sich für den Schmerz der anderen zu interessieren?

Sarah muß jetzt im *Plaza* angekommen sein. Sie sucht einen Tisch. Im Nebenraum der eleganten graublauen Cafeteria geht sie auf ein

ruhiges Eckchen zu. Sie studiert die Speisekarte, wird ungeduldig. Da kommt ihre Freundin. Die beiden umarmen sich. Evlyn sieht sie fragend an. Sarah sagt nichts. Der Kellner bringt eine Speisekarte für Evlyn, die sich rasch entscheidet: Salat, Käse, Kaffee. Sarah dagegen überlegt lange.
Wie mir das auf die Nerven ging, dieses minutenlange Zaudern vor jeder noch so kümmerlichen Speisekarte! Ich weiß noch, wie wir eines Abends in einer winzigen Pizzeria in Trastevere saßen und sie fast eine halbe Stunde mit einem gewissenhaften Kellner erörterte, wie lange welche Nudelart gekocht werden muß ... bis sie schließlich einen Fisch bestellte! Warum brachte mich diese übertriebene Genauigkeit nur so auf die Palme? Eigentlich kam doch darin nur zum Ausdruck, daß ihr nichts wichtiger war, als hier an meiner Seite zu sitzen ...
Als ich noch lebte, konnte es mich rasend machen, wenn die Zeit so dahinschlich! Und heute fehlt mir das!
Die Trägheit der andern genießen: eine Lektion in Sachen Leben.
Gedämpfte Musik dringt ins Zimmer, das Pausenzeichen von CNN; es muß vierzehn Uhr sein. In der Nachbarwohnung hat jemand den

Fernseher eingeschaltet. Ich horche hinüber. Militärputsch in Ungarn; das Parlament wird aufgelöst; Verhaftung der Sozialdemokraten; es soll eine Übergangsregierung gebildet werden. Der Präsident von Nordkorea auf Staatsbesuch im Weißen Haus. Der gestrige Zusammenstoß zweier Jumbos bei der Landung in Hongkong ist auf den Kollaps eines der Piloten zurückzuführen. Dreißigster Tag des Krieges zwischen Indien und Pakistan, heute nur zehntausend Tote. In den USA Importverbot für indonesische Zigarren: Ihr Tabak ist von einem neuen tödlichen Virus befallen. Die Halbfinalergebnisse im Super Bowl ... Routine ... Wetterbericht ... Heute ist Montag ... Montag, der 13. ... Wie sollen sie nun morgen früh das Abkommen über wissenschaftliche Zusammenarbeit mit Südafrika unterzeichnen?

Selbstverständlich werden sie das auch ganz gut ohne mich zustande bringen. Fehlen werde ich keinem.

Wie leer und nichtig dieses Treiben doch war! Wie konnte ich das nur so lange für wichtig halten? Auf mehr spöttische als kritische Weise hatte Sie es mir ja oft genug gesagt: «Warum fährst du denn so früh los?» – oder: «Ist diese

Besprechung wirklich notwendig?» – oder: «Warum gehst du denn mit denen zum Essen?»
Wie konnte mich das ärgern, wenn Sie so mit einem Nadelstich den Luftballon meiner Ambitionen zum Platzen brachte!
Heute begreife ich, daß mir nichts fehlen wird, nicht einmal, daß ich nicht alt geworden bin. Und wenn ich es geworden wäre, was hätte ich daraus gemacht? ... Nein, leid tut es mir um nichts ... Höchstens um das Konzert von Montserrat Caballé nächsten Freitag im Hôtel de la Monnaie. Und um mein unvollendetes Buch. Und um Sie natürlich ... Wie sehr Sie mir fehlen wird! ... Ob aber Sie mich wirklich vermissen wird? Ein wenig bestimmt. Eine Zeitlang wird Sie ein Foto von mir bei sich tragen. Dann wird Sie es in Ihr Zimmer verbannen. Und dann ... Irgendwann einmal werde ich ein verblaßtes Bild in einer Schublade Ihres Gedächtnisses sein. Zu behaupten, man lebe für die anderen, ist egoistisch: Niemand hat es nötig, daß man für ihn lebt ...
Ich werde nichts hinterlassen. Nichts. Ich habe mich so in mir getäuscht! Habe so viele Träume geträumt, so viele Pläne geschmiedet! Dabei hatte ich mir eingebildet, ich selbst

würde mir über mein Erbe keine Illusionen machen. Ich argumentierte immer, die meisten Menschen wüßten gar nicht, was eigentlich von ihnen bleiben werde. Selbst die allergrößten. Archimedes und Leonardo da Vinci hielten sich für Ingenieure; Maimonides sah sich als Grammatiker; der Ehrgeiz von Velazquez war es, spanischer Grande zu werden; Machiavelli und Saint-John Perse verstanden sich als Diplomaten. Allesamt waren sie Künstler und werden als solche weiterleben. Andere dagegen, die sich für Künstler hielten, vernachlässigten ihr eigentliches Handwerk, in dem sie es zu Ruhm gebracht hätten. Heute träumt jeder davon, ein Stern am launenhaften Himmel der Bilder und Geräusche zu sein; und alle fallen sie wie Nachtfalter in die Grube der Eitelkeit: Ministerschicksal ist es, Ex-Minister zu werden; Schriftstellerschicksal, Schriftsteller zu sein.

Und ich, der ich das wußte, habe es auch nicht besser angefangen als die andern. Ich wollte ein genialer Physiker werden und habe es nur zum passablen Dozenten gebracht. Ich hielt mich für einen geschickten Diplomaten und habe mich dabei in der Bürokratie verstrickt. Ich hoffte, ein weltweit anerkannter Schrift-

steller zu werden, und nie wird ein einziges Buch von mir in irgendeiner Bibliothek stehen. So war mein Leben. Nichts habe ich richtig gemacht, nicht einmal richtig geliebt.
Ich brauche mich da gar nicht zu beklagen. Ich hätte eben früher darüber nachdenken sollen. Aus dem grellen Rampenlicht treten und mich um mich selbst kümmern. Leben. Schreiben. Mich nicht an Ambitionen verlieren, die andere sich für mich ausgedacht haben, oder die sie selber verfolgen: So viele Leute haben sich meiner bedient, während sie so taten, als dienten sie mir.
Absurd, so zu sterben, wenn man gerade alles hinwerfen und neu anfangen wollte.
Ich hatte alles genau geplant. Gleich morgen, am Dienstag, wäre ich nach meiner Ankunft in Brüssel zu Vondespues gegangen und hätte ohne nähere Erläuterung meine Kündigung eingereicht: aus persönlichen Gründen. Es hätte ihn geärgert, mir nicht zuvorgekommen zu sein, mich nicht seinerseits um meinen Abschied gebeten zu haben. Dann hätte er noch etwas gesagt wie zum Beispiel: «Sie werden uns hier fehlen, Monsieur Clavier.» Und hätte einen Empfang gegeben. Vor allen Generaldirektoren hätte er eine von diesem

faden, vorsichtigen Dummkopf Calvino verfaßte Rede verlesen. Und ich hätte unter dem Cocktailgeplauder darauf geantwortet. Meinen eigenen Text hatte ich schon fast fertig. Wie schade, daß ich den nicht mehr vortragen kann! Der hätte gesessen! Als Pointe hatte ich mir eine Stelle aus der *Geschichte der Französischen Revolution* herausgeschrieben, in der Louis Blanc die Verhaftung von Philippe d'Orléans schildert: Eines Aprilabends im Jahre 1793 habe Merlion de Douai dem im Palais Royal mit dem Grafen von Monville speisenden Herzog verkündet, der Konvent wolle ihn verhaften, weil er «die Revolution verraten» habe. «Ich?» habe er ausgerufen. «Ich soll verhaftet werden, nach all den Opfern, die ich gebracht habe? Was für eine Undankbarkeit! Was halten Sie davon, teurer Freund?» Darauf habe der Graf von Monville von dem Fischgericht auf dem Tisch eine Zitrone genommen, sie auf seinem Teller ausgedrückt und sie dann in den Kamin geworfen: «Monseigneur, sie machen mit Eurer Hoheit das, was ich mit dieser Zitrone mache.»

«So», hätte ich abschließend gesagt, «und ich gehe jetzt, bevor ich aussehe wie diese Zitrone.» Ich stellte mir die Betroffenheit vor, die sich in den grauen Gesichtern der Umstehenden gespiegelt hätte, das Lachen der Sekretärinnen, das Grinsen der unweigerlich von Vondespues geladenen Journalisten. Ach, wie ich diesen Augenblick genossen hätte! Es wäre meine Leichenpredigt auf diese Bürokratie geworden, das Requiem dieser toten Jahre.

Darum bin ich nun gebracht. Übermorgen wird einer von ihnen nach Rouen kommen und an meinem Grab eine Rede halten. Vondespues selbst vielleicht? Das kommt darauf an, wie ausführlich man über meinen Tod berichten wird. Wenn Vondespues das Gefühl hat, daß meine Bestattung die Fernsehkameras anlockt, dann eilt er herbei; wenn nicht, schickt er Blumen. Und Calvino.

Mir ist alles mißlungen. Sogar mein Abgang. Das habe ich nur mir selbst zuzuschreiben. Ich hätte eben schon eher gehen sollen. Warum habe ich auch so lange im Dienst dieser Macht gestanden und fragwürdige Ambitionen verwaltet? Bin ich etwa auf meine Weise eine Art Philippe Egalité geworden, der zum Überleben seine Familie verrät?

Nach Brüssel gekommen war ich aus einem gewissen Idealismus heraus. Und auch aus

Neugier: Ein unbedeutender Provinzphysiker kann schließlich nicht umhin, sich geschmeichelt zu fühlen, wenn ihm angetragen wird, an andere die Gelder zu vergeben, die ihm selbst so sehr gefehlt haben. Anfangs war das aufregend. Sogar nützlich: Ich habe etwas bewegt. Als aber dann die Kommissionsmitglieder ausgewechselt wurden und Vondespues die Szene betrat, ging es bergab. Er ist so von sich eingenommen, daß er manchmal schon selbst darüber lachen muß. Er gehört zu den Menschen, die alle hassen, die etwas wissen, was er nicht weiß. Er umgibt sich mit Mitarbeitern, die sich auf ihre Unfähigkeit und ihr Banausentum auch noch etwas einbilden. Er schätzt nur diejenigen, die sich vor ihm erniedrigen. Niemand arbeitet an seiner Seite aus Ergebenheit oder Passion. Seine Liebenswürdigkeit ist nur die Maske für einen fanatischen, grausamen Egoismus, durch den sein Anspruch, jeden Augenblick seines Lebens bedeutend zu gestalten, etwas beinahe Barbarisches bekommt. Hinter seiner Arroganz verbirgt sich ein vollständiges Fehlen jeglichen Ideals. Was immer er behaupten mag: Es interessiert ihn nichts anderes als die Macht, und noch nicht einmal die wahre Macht, die tatsächlich etwas bewirken will – nein, die läßt ihn kalt; vielleicht, weil er aus einem zu peripheren Land kommt, als daß er sich diesbezügliche Hoffnungen machen dürfte. Da er dies weiß – denn er macht sich nichts vor –, interessiert er sich nur für das Erlangen von Macht und für die Intrigen, mit denen man sie sich erhält. Er war im geeigneten Augenblick zur Stelle, als so etwas wie Geschichte gemacht wurde. Aber nie hat er versucht, die Zeitabläufe so zu gestalten, daß er ein Werk hätte errichten können. Er hat lediglich berechnet, an welcher Stelle das Schicksal einmal vorbeikommen mußte; und dann hat er gewartet, bis eines Tages seinem Land der Vorsitz der Kommission zufiel. Den hatte bis dahin er allein erstrebt, unter dem Spott der andern, und als es dann soweit war, gegen diejenigen seiner Landsleute, in denen plötzlich Europagefühle wach wurden.

Doch das Erlangen der Macht verlangt andere Eigenschaften als ihre Ausübung: Wer gern aus dem Hinterhalt agiert, tut sich schwer beim Bau von Kathedralen.

Sobald er dann in den Gängen von Berlaimont herumzuschleichen begann, ahnte ich schon, daß mit ihm am Steuer bald alles abbröckeln würde. Seine Entschlußlosigkeit ließ sich von

seinem schlaffen, geröteten Gesicht ablesen, von seinen Augen, die zu sehr herumflakkerten, um irgendeine Überzeugung ausdrücken zu können. Dabei sehe ich eigentlich gern forschend in Gesichter; dem seinen hätte ich mehr Aufmerksamkeit widmen sollen. Alles an ihm ist vor der Zeit gealtert, künstlich, demagogisch. Er hat alles getan, um jede Spur von dem Kind, das er wohl einmal gewesen ist, zu verwischen. So ist auch nie ein Foto von ihm veröffentlicht worden, auf dem er jünger als zweiunddreißig ist. Das ist bestimmt kein Zufall. Zufällig ist nämlich nichts bei ihm.
Ich hätte sofort gehen sollen, als er kam. Und nicht warten, bis er uns überschwemmt mit seiner kindlichen Eitelkeit, seinen hohlen Phrasen, seiner Darstellungssucht und seinem Faible für suspekte Geldquellen.
Aber nein, ich bin geblieben. Um mich zu beschäftigen. Um mich nicht entscheiden zu müssen. Ich gehe immer zu spät. Immer einen Augenblick zu spät ...
Warum habe ich mich dann letzte Woche endlich aufgerafft? Warum ist mir gerade da ein Licht aufgegangen und nicht schon eher?
Vondespues hatte mich gebeten, ihn zu einer Sitzung des Europarats unter dem anachroni-

stischen Goldprunk von Lancaster House zu begleiten. Es sollte dort über ein umfangreiches Forschungsprogramm zum Schutz der Wälder debattiert werden, das meine Direktion erarbeitet und ausgehandelt hatte. Meine Anwesenheit war eigentlich überflüssig: EG-Beamte haben zum Sitzungssaal keinen Zutritt. Wie die Beamten aller anderen Delegationen können auch sie nur in engen Büros darauf warten, daß in unregelmäßigen Abständen meist schlecht verfaßte Zwischenprotokolle verlesen werden, die sie dann hochgelehrt kommentieren. Verlorene Zeit in einem Ozean der Selbstgefälligkeit.

Vondespues hatte mich nur kommen lassen, um mich greifbar zu haben wie alle anderen auch.

Ich hatte eingewilligt und Sarah in New York angerufen, um ihr vorzuschlagen, sie solle doch nach London nachkommen. Freudig hatte sie zugesagt: Sie würde tagsüber Galerien besuchen, und am Abend würden wir uns dann treffen und ins *Vatra* gehen, das indischste Restaurant von ganz Kensington. Dann würden wir zwei Tage in Schottland verbringen, wo weder sie noch ich je gewesen waren.

An jenem Nachmittag kam ich aus einem überheizten Büro und konnte es kaum erwarten, sie wiederzusehen. Ich durchquerte Korridore voller graugesichtiger Diplomaten, die mit ernster Miene ihre kümmerlichen Informationen austauschten. Als ich vor der Haupttreppe ankam, die zur Eingangshalle hinunterführt, wurde mir plötzlich bewußt, wie lächerlich diese geballte Ansammlung von Ehrgeiz und Getue doch war. Wie leer diese Existenzen, und wie leer die meine.

Was tat ich eigentlich da? Nichts. Nichts Wichtiges. Zumindest nichts Unersetzliches.

Noch vor dem Ende der Sitzung lief ich davon und fühlte mich kaum schuldig bei dem Gedanken, man könne mich etwa brauchen und ich sei dann nicht da. Ich glaube heute, daß damals mein Fehlen gar niemandem aufgefallen ist.

An jenem Abend – es war Freitag vor zehn Tagen – erzählte ich Sarah dann alles. Ich dachte laut nach und traf zugleich meine Entscheidung, eine endgültige, um mir nur ja kein Hintertürchen offenzuhalten. Ich würde wieder von Brüssel nach Rouen zurückkehren. Ich würde frei sein, und wir könnten uns dann immer öfter treffen, auch in Frankreich.

In dem Restaurant ging es laut und mondän zu.

Eine ernsthafte Unterhaltung war dort nicht möglich. An ein paar hingesagten Worten, an ihrem verlegenen Blick und ihrer schlecht verhohlenen Ungeduld spürte ich aber, daß Sarah nie darauf eingehen würde, nach Europa zu ziehen. Da ich mir andererseits nicht vorstellen konnte, Sie mit nach Amerika zu nehmen, war alles ausweglos.
Unter dem Vorwand, sie werde dringend gebraucht, flog Sarah am nächsten Morgen nach New York zurück. Es war alles gesagt. Ich hätte am darauffolgenden Samstag gar nicht mehr kommen sollen. Letzten Samstag, den 11. Dezember.

Mein verletzt an einem balinesischen Strand liegender Vater. Sein ins Meer gestürztes Flugzeug. Die nie gefundene Leiche ... Wie oft habe ich mir diese Szene schon vorgestellt? Erst gestern habe ich wieder davon geträumt ... Mittlerweile glaube ich sogar schon daran und vergesse dabei, daß ich sie frei erfunden habe, um meine Abwesenheit von seinem Sterbebett im Krankenhaus von Denpasar zu tilgen. Ach, wie ich unter meinen Lügen leide!
Furchtbare Einsamkeit der Toten ... Vor ihr habe ich Angst in dieser Stille ...

Jetzt lasse ich Sie also allein. Was wird aus Ihr werden? ... Sie wird bei Emmanuel leben; er wird sich um Sie kümmern, wie ich mich im umgekehrten Falle um seine Kinder gekümmert hätte. Sie wird mit Delphine ins Gymnasium gehen. Ich mache mir da keine Sorgen: Sie hat das Gestüt gern, und die Pferde vergelten Ihr das. Zwischen meinem Bruder und mir ist alles abgesprochen: in seiner Kanzlei haben wir uns sogar einmal gegenseitig schriftliche Versicherungen dazu gegeben ... Ich weiß, daß er auf Sie aufpassen wird, solange es nötig ist ... Es wird alles glatt verlaufen ... Ich habe auch gar nicht mehr die Kraft, das Gegenteil zu befürchten.

Sogar bei meinen Vorhersagen bin ich noch feige ...

Ich hoffe, daß Sie mich in zärtlicher Erinnerung behalten wird. Mehr darf ich mir auch nicht erhoffen. Von da, wo ich sein werde, werde ich Sie beschützen. Vielleicht sogar besser als von hier aus. Ich werde versuchen, es das nächstemal besser zu machen ...

Denn geben wird es ein nächstes Mal, davon bin ich überzeugt. Bald schon.

Jetzt sitze ich zwar noch vor meiner Leiche da und warte auf ihre Bestattung. Aber ich fühle, daß das nur ein vorübergehendes Stadium ist. Ich bin sicher, daß es für mich noch eine Zukunft gibt. Nicht etwa eine glückselige Ewigkeit oder ein finsteres Nichts. Nein. Ich erwarte auch nicht, daß plötzlich an einer Ecke irgendein furchterregender Gott auftaucht, mit Rauschebart und grollender Miene. Weder Hölle noch Paradies. Mich erwartet ein neues Leben.

Werde ich Julien Clavier dann vergessen? Werde ich Sie verloren haben? Und Ihre Mutter? Und Lola und Sarah? Nein. Meine Erinnerungen werden in der Ewigkeit mein einziges Gepäck sein. Sie kann ich unmöglich zurücklassen. Wenn mir noch ein Leben gewährt ist, dann nehme ich sie dorthin mit.

Ich weiß nicht mehr, ob ich daran glaube ... Ich wäre so gern überzeugt davon! Meinetwegen, seinetwegen ... Mein Vater ist bestimmt auch wiedergekommen. Er lebt noch, nicht fern von mir.

Der Gedanke, daß es anders sein könnte, ist mir unerträglich: Mein Vater war zu groß für ein einziges Leben.

Und auch ich werde bald ein neues Leben anfangen, so, wie es sich am ersten Tag nach mir entscheidet.

Angelassen hat es sich wie ein Desaster, wie die letzte Bestätigung meines Schicksals.
Wo werde ich wieder auf die Welt kommen? Bei dieser Frage muß ich schmunzeln. Werde ich ein Lakandone im Regenwald von Chiapas sein, zwischen Wildpferden und Krokodilen? Oder irgendein gleich nach der Geburt auf dem Rauchenden Berg von Manila ausgesetzter Filipino? Warum nicht eine Blume? ... Oder ein Seeigel? ... Ja, genau, ein Seeigel. Mein Leben war zu verpfuscht, als daß ich etwas Besseres verdiente ... Und durch diesen verdorbenen ersten Tag wird das auch nicht wieder aufgewogen.
«Verpfuscht» – dieses Wort ist mir all die Jahre über nachgegangen. Wie eine Kritik, die möglichst heftig und damit ungerecht ausfallen sollte ...
Meine Gefühle habe ich verstümmelt; aus Angst, sie ausleben zu müssen. Aus Angst, überhaupt leben zu müssen.
Sarah ... Wie vor ihr Lola ...
Lola war nie mehr als ein Foto, eine Aufnahme von der hinreißenden Mutter Ihrer besten Freundin. Zum Scherz habe ich es mitgehen lassen. Ich war verletzt, weil sie mich nie sehen wollte, wenn ich Sie zu ihr brachte. Ich hätte

beschließen können, aus Lola mehr zu machen. Ich werde mir nie verzeihen, daß ich es nicht versucht habe. Es hätte bestimmt geklappt ...
Mich um andere kümmern ... Edles tun ... Ich habe es gewollt, habe es versucht ... Nichts Bedeutendes wird davon bleiben; nichts, was Dankbarkeit erweckt ... Oder Haß.
Meine Träume immer ... Ich hätte leben sollen, ohne vom Leben etwas anderes zu erwarten als das Leben selbst. Ohne zu lügen. Zumindest bei den Wahrheiten, die niemandem weh taten ...
Bestimmt hätte ich das gekonnt.
Kapitulation.
Warum habe ich Sarah über den Tod meines Vaters belogen? Wozu schon vom ersten Tag an diese Kinderei? Um meine Lüge glaubhaft zu machen, mußte ich dann immer mehr Details dazuerfinden: über die Reisen meines Vaters, über seine Arbeit, seine Bücher ...

Der berühmte Anthropologe Professor Georges Clavier war auf Celebes tätig. Er hatte eine Dissertation verfaßt, die zu einem weltweit anerkannten Standardwerk avancierte und sich mit den Bestattungsriten der Toradjas

beschäftigte. Er erläuterte darin, warum in abgelegenen indonesischen Bergdörfern Leichen jahrelang aufgehoben werden, bevor man sie am Fuße eines hohen Felsens prunkvoll beerdigt. Die Verstorbenen haben erst dann ein Anrecht auf ein Grab, wenn ihre Familien genügend Geld beisammen haben, um sechzig Büffel zu opfern und dem ganzen Dorf ein mindestens fünftägiges grandioses Fest auszurichten. Und wer nicht bestattet wird, der hat auch keine Ewigkeit. Es muß also jeder sein Leben lang seinen Tod und den seiner Verwandten vorbereiten, muß für seine Beerdigung und für das Tieropfer sparen, um sich die Ewigkeit zu sichern. Ansonsten wird seine Leiche in einem Sammelgrab verfaulen und seinen Nachkommen keine Ruhe lassen.
Als akkurater Wissenschaftler hatte mein Vater sich versagt, aus den Gebräuchen dieses abgeschieden lebenden Volkes verallgemeinernde Schlüsse zu ziehen. Wenn er mir jedoch davon erzählte, merkte ich wohl, daß er wie sie daran glaubte, eines Menschen Ewigkeit hänge davon ab, wie seine Verwandten sich nach seinem Tod um ihn kümmerten. Daß er dachte, auf dieser Insel am Ende der Welt sei das Jenseits zugänglicher als irgendwo sonst.

Warum hätte er sonst dorthin zurückkehren wollen, als es dem Ende zuging?
Und warum habe ich versucht, seinen Glauben zu verstehen, bis ich mich nach dreißigjährigem Widerstreben schließlich dazu bekehrt habe? Etwa nur, damit er mir von da, wo er nun ist, mein letztes Versäumnis verzeiht?
Der Schlüssel dreht sich: Sarah kommt vom Essen zurück. Im Halbdunkel nehme ich ihre Gestalt wahr. Sie schleudert ihre Tasche in eine Ecke, prüft den Sitz der Kerzen, berührt mich fast im Vorbeigehen und öffnet das Rollo hinter dem Schreibtisch. Das Dunkel lichtet sich kaum: Es muß schon ziemlich später Nachmittag sein.
Wie schön sie ist! Sie sieht aus, als hätte sie geweint. Allerdings kann ich mir kaum vorstellen, sie habe heulend im Restaurant gesessen. Sie überlegt. Was wird sie jetzt unternehmen? Sie muß doch jetzt die Polizei und Emmanuel benachrichtigen. Es wäre Zeit! Was werden sie dann anstellen mit mir ... mit ihm?
Im Speicher herrscht vollkommene Stille. Vermutlich hat sie alle nach Hause geschickt. Sie hebt ihren Mantel und die Tasche auf und räumt sie in den Schrank. Sie sieht auf die Uhr ... Ganz offensichtlich erwartet sie

Besuch. Aber von wem? Evlyn hat sie wohl überredet, einen Arzt oder den Coroner anzurufen ... Jeden Augenblick muß jemand kommen. Was hat Emmanuel gesagt, als er erfahren hat, daß ...?

Was werden sie mit mir machen? Ich will nicht von hier fortgeschafft werden! Behalte mich hier! Sag niemandem Bescheid! Bleib hier bei mir, für immer! Beschütze mich!

In die Stille hinein tönt ein gedämpftes Klingeln. Sarah zuckt zusammen; sie geht die Tür öffnen und kommt wieder zurück, gefolgt von einem grauhaarigen kleinen Mann mit einem erloschenen Zigarettenstummel im Mund, einem zu engen grauen Anzug, einem braunweiß karierten Hemd und einer roten Krawatte; in einer Hand hält er eine abgewetzte Aktentasche, in der anderen einen alten Regenmantel. Hinter den beiden geht ein etwas älterer und größerer, fast kahlköpfiger Mann, der mürrisch dreinblickt und ein schwarzes Köfferchen trägt. Ein Coroner und ein Arzt.

Der erste sieht sich rasch im Zimmer um: das luxuriöse Mobiliar, die Form der Vorhänge, das große indianische Totem, das Muster der chinesischen Teppiche, die erlesenen japanischen Vasen; nichts scheint ihm zu entgehen. Er tritt zum

Bett, hebt die Bettdecke hoch und untersucht den Toten. Dann deckt er ihn wieder zu und winkt den anderen Mann herbei. Der setzt sich auf den Bettrand, öffnet sein Köfferchen und horcht die Leiche ab: also tatsächlich ein Arzt.
Der Coroner holt aus seiner Aktentasche ein langes, gelbliches Blatt Papier und einen Stift hervor; er wendet sich zu Sarah.
«Also, schreiben wir: Julien Clavier ... Sind Sie seine Frau?»
«Nein, nur eine Freundin.»
Er schreibt mit gesenkter Stirn.
«Aha, eine Freundin ... Und wissen Sie, ob er Familie hat, dieser ... Freund? Eine Frau, Kinder?»
Sie antwortet sehr leise und blickt dabei starr auf das spärliche Haar des Coroners.
«Er ist Witwer; er hat eine Tochter, die in Brüssel mit ihm zusammenlebt.»
«Kannten Sie ihn schon lange?»
«Seit ungefähr acht Monaten. Wir trafen uns immer, wenn er nach New York kam.»
«Wie lautet seine Adresse in Brüssel?»
«23, Rue de Ten Bosch. Aber er ist Franzose. Er ist ... er war Beamter bei der Europäischen Gemeinschaft.»
Er blickt auf und sieht sie spöttisch an.
«Das weiß ich alles schon. Ich habe ein paar

Nachforschungen betrieben, seit ich den Anruf bekommen habe. Kommen wir auf die Umstände seines Todes zurück. Wann ist er Ihrer Meinung nach gestorben?»

«Das weiß ich nicht. Er ist einfach nicht mehr aufgewacht. Ich bin heute morgen gegen halb acht aus dem Haus gegangen und dachte, er schliefe noch.»

«Und wie ging es ihm gestern abend?»

«Als ich ausging, gut.»

«Sie sind also ausgegangen ... ?»

«Ja, ich bin gegen neunzehn Uhr allein aus dem Haus gegangen. Als ich um etwa drei Uhr morgens zurückkam, schlief er.»

«Wenn ich Sie recht verstehe, wissen Sie also gar nichts?»

«Genau: Ich weiß gar nichts.»

«Wann haben Sie dann bemerkt, daß er tot ist?»

«So gegen neun, heute morgen, als ich aus dem Büro nebenan zurückgekommen bin, in dem ich arbeite.»

«Und warum haben Sie uns dann so spät erst angerufen?»

«Ich wollte zuerst seine Familie benachrichtigen ... Damit sie es nicht von einer Behörde erfährt.»

Er zuckt die Schultern.

«Das sagen sie alle!»
Sie murmelt: «Aber es ist die Wahrheit!»
Er lächelt kaum merklich und sieht sie mit zusammengekniffenen Augen an.
«Das war ja auch gar kein Vorwurf ...»
Er hält ihr das Blatt hin.
«Da, füllen Sie das bitte aus, die letzten beiden Zeilen ... Und unterschreiben Sie unten, neben dem roten Strich.»
Sarah nimmt das Blatt, legt es auf eine Tischdecke, unterschreibt und gibt es dem Coroner zurück. Sie dreht sich zu dem Arzt um, der über die Leiche gebeugt ist. Ich glaube zu spüren, daß sie angespannt ist. Etwa, weil er vom Nachttisch das Fläschchen genommen hat? Oder weil er jetzt etwas aufschreibt – die Zusammensetzung des Medikaments vermutlich? Er wendet sich zu Sarah um und fragt:
«Hat er davon oft genommen?»
«Ja. Er schlief schlecht. Jeden Abend nahm er eine davon. Wenn er mitten in der Nacht wach wurde, nahm er noch eine.»
«Zwei?» staunt der Arzt. «Das ist ja viel zuviel! Wissen Sie, ob er an irgendwelchen Krankheiten litt?»
«Er war herzkrank und hat zwei Infarkte gehabt. Das ist alles, was ich weiß.»

«Zwei Infarkte!» wiederholt der Arzt. «Dann verstehe ich nicht, wie man ihn solche Schlaftabletten nehmen lassen konnte!»
Sarah murmelt automatisch: «Ich wußte das ja nicht.»
«Kann das irgend etwas mit seinem Tod zu tun haben?» erkundigt sich der Coroner.
Der Arzt überlegt ein paar Sekunden und antwortet dann: «Er ist an Herzversagen gestorben, so gegen zwei Uhr nachts, schätze ich. So ein Schlafmittel hat die Sache natürlich auch nicht besser gemacht ... Selbst wenn es nicht die unmittelbare Todesursache ist, hätte er es nicht nehmen sollen. Als Herzkranker ...»
«Nun gut. Herr Doktor, ich habe es eilig», unterbricht ihn der Coroner mit einem Blick auf seine Uhr. «Haben Sie noch irgendeinen Zweifel, der der Ausstellung des Totenscheins im Wege steht?»
«Nein. Nicht den mindesten: natürlicher Tod durch Herzversagen. Ich unterschreibe.»
Der Coroner reicht dem Arzt das Blatt, und der kritzelt seinen Namenszug hin.
«So, alles in Ordnung», sagt der Coroner zu Sarah. «Da er in New York keine Verwandten hat, dürfen Sie sich um seine Beerdigung kümmern, wenn Sie das wünschen ... Es sei denn,

Ihnen ist es lieber, wenn die Stadtverwaltung ihn einäschern läßt?»

Nur das nicht! Darauf wird sie doch nicht eingehen!

«Nein», antwortet Sarah ruhig. «Er wollte beerdigt werden, das hat er mir einmal gesagt. Ich werde ihn nach Paris überführen lassen. Dort hat er einen Bruder, der sich um alles kümmern wird.»

«Ach so, er soll nach Frankreich zurück? ... Dann wird das Ganze allerdings komplizierter.»

«Das weiß ich. Aber rein rechtlich gesehen ist es doch möglich, oder?»

«Selbstverständlich, dem steht nichts entgegen. Da müssen Sie sich mit dem französischen Konsulat in Verbindung setzen. Die erledigen dann die Formalitäten mit der New Yorker Stadtverwaltung. Ich möchte Sie lediglich darauf hinweisen, daß es praktischer – und weniger kostspielig – wäre, ihn hier einäschern und dann nur die Urne überführen zu lassen.»

Sarah zittert, sie schüttelt den Kopf. Der Coroner zuckt die Schultern und steckt sein Notizbuch weg. Er scheint es mit dem Weggehen eilig zu haben.

Sarah steht zögernd da. Sie hat noch etwas auf

dem Herzen. Ich spüre, daß das für sie ungeheuer wichtig ist. Wie ein Flehen, das sich über diese beiden Männer hinaus an einen Abwesenden richtet.

«Außerdem würde ich den Leichnam gern bis morgen hierbehalten. Sie haben doch nichts dagegen einzuwenden?»

Der Coroner scheint bestürzt zu sein. Der Arzt, der schon hinausgehen wollte, kehrt noch einmal um und mustert Sarah mit gerunzelter Stirn.

«Sie möchten ihn hierbehalten? Die ganze Nacht? Aber warum denn?»

Sie wird blaß und erzittert, faßt sich aber dann wieder.

«Aus ... religiösen Gründen. Es war ihm wichtig, daß bei ihm eine Totenwache gehalten wird. Das hat er mir einmal erzählt. Und vermutlich wäre ihm lieber gewesen, daß sie hier stattfindet als im Krankenhaus.»

Ah! Das weiß sie also noch ... Sehr gut!

«Ich verstehe», lächelt der Coroner. «Meinetwegen ... Verwandte hat er ja keine hier?»

«Nein, er hat niemanden in New York.»

«Nun, dann sehe ich da kein Problem», sagt der Coroner. «Sie können ihn hierbehalten, bis er zum Flughafen gebracht wird.»

Er zieht seinen Stift wieder heraus und entnimmt seiner Aktentasche ein Blatt Papier.
«Das heißt ... wenn das französische Konsulat einverstanden ist, dann bin ich es auch. Damit die Sache leichter vonstatten geht, gebe ich Ihnen noch etwas mit.»
Er schreibt rasch ein paar Zeilen nieder, unterzeichnet und reicht ihr das Blatt.
«Geben Sie ihnen das da. Dann werden sie beim Rathaus das Nötige veranlassen.»
Er blickt wieder auf die Uhr.
«So ... Jetzt muß ich aber los. Bemühen Sie sich nicht, ich finde schon hinaus.»
Der Coroner nimmt seinen Regenmantel und schlüpft im Weggehen hinein. Der Arzt blickt unverwandt Sarah an, bis sie den Kopf abwendet.
Nun verläßt auch er den Raum. Sie begleitet ihn hinaus. Von drüben vernehme ich noch Beileidsgemurmel. Dann fällt eine Tür ins Schloß.
Ich höre, wie Sarah telefoniert. Sie verlangt den französischen Konsul. Es hört sich so an, als kenne sie ihn – schon wieder eine Merkwürdigkeit. Aus dem, was sie sagt, schließe ich, daß er die Leiche gleich morgen früh nach Paris überführen läßt. Also werde ich die Nacht hier verbringen. Um so besser.

Und was wird dann mit mir geschehen? Ich will anständig angezogen werden; darauf lege ich Wert. Werde ich mit dem Leichnam im Flugzeug nach Paris sitzen? Und dann der Bestattung beiwohnen? Gar zusammen mit der Leiche in die Grube fahren? Oder werde ich dann schon in einem anderen Körper stecken, weit weg von dem da? Wird Sarah nach Rouen kommen? Und werden die beiden sich begegnen? Wem wird man dann das Beileid aussprechen? Eine fürchterliche Vorstellung: Beide sehen mir zu, wie ich ins Dunkel hinabgesenkt werde; von Freunden umgeben, die so bald wie möglich nach Hause wollen, beobachten sie sich gegenseitig ...

Sarah kommt wieder herein, macht die Tür zu und geht an mir vorbei ins Bad. Dort schließt sie sich ein. Bleibt lange drin.

Einen harten Tag halse ich dir da auf, mein Liebling ... Ich höre, wie sie sich schminkt. Einfache Geräusche. Lebendige Geräusche ... Sie kommt wieder heraus, sieht zauberhaft aus: für den Konsul? ... Sie ist schön, aber irgendwie anders. So wie für die Vernissagen, auf denen sie so gern ihre Abende verbringt ... Mit wem eigentlich? Komisch: Bis jetzt hatte ich mir diese Frage so gut wie gar nicht gestellt.

Da habe ich also erst sterben müssen, um eifersüchtig zu werden. Eifersüchtig auf diese anmaßende, struppige Menschenmenge, in der sie sich verliert ...

Vernissagen ... Ich hasse diese Veranstaltungen ... Auf engstem Raum trifft man dort auf die dichteste Anhäufung von Ehrgeiz und Bosheit, die diese entsetzliche Stadt hervorzubringen vermag. Von den Petits fours trieft der Neid, der Champagner wird vor lauter Rachsucht schal und der Kaviar durch Klatsch und Tratsch verdorben. Erscheinen sollte man tunlichst nicht zu früh, um recht geschäftig zu wirken. Zu spät aber auch nicht, damit man von den wichtigen Leuten gesehen wird, die ja nur kurz vorbeischauen und damit andeuten, daß sie am gleichen Abend noch anderen, ungleich bedeutenderen Einladungen nachkommen müssen, selbst wenn sie in Wirklichkeit nur nach Hause fahren und den mit Champagner angefangenen Abend mit Bier zu Ende gehen lassen.

Und welche Rolle spielt dabei die Malerei? Keine; nur ein paar hingeflüsterte Würdigungen bringen es über den Zerrspiegel der Gerüchte bis ins Feuilleton der Morgenzei-

tungen, deren Kritiker meist im Sold der Kunsthändler vom Vorabend stehen.
Als ich letzten Samstag aus Paris kam, habe ich sie in einen dieser Tempel der Oberflächlichkeit begleitet; der Maler war ein Schoschone, der sich nicht wenig auf seinen Hyperrealismus einbildete: Das wollte ich mir nicht entgehen lassen! Und ihr war mein Kommen ganz wichtig: Ein von ihrem Vater entdeckter Künstler; die Ausstellung, die sie mir schon in Aspen angekündigt hatte ...
Die Galerie war protzig, die Petits fours waren dünn gesät und altbacken; der Maler, ein alter, langhaariger Mann, wurde vom Hausherrn von einer Clique zur andern gezerrt: Ein Indianer, stellen Sie sich nur mal vor! Ein indianischer Maler! ... Ich sah schöne Frauen, die ganz aufgeregt waren und von Skalps und brennenden Planwagen träumten. Dabei hatte der Mann nichts von einem Sitting Bull oder einem Yellow Guy. Er war so grau wie seine Farben und so plump wie seine Formen. Die Gäste taten so, als merkten sie das nicht: Sie waren an jenem Abend darauf aus, ein Genie zu entdecken.
Ich sah mir diese Bilder vielleicht als einziger mit einer gewissen Aufmerksamkeit an. Einen

Augenblick lang verweilte ich vor einer flüchtigen Landschaft mit einer fahrenden Postkutsche, auf deren beschlagenen Scheiben die Farben recht hübsch vorbeihuschten. Dabei fiel mir der Text von Nicolas de Staël über die von einem Zug aus gesehene Nacht ein: Er wußte sie so gut zu malen, wie er sie zu beschreiben verstand.
Sarah bahnte sich durch die Menge einen Weg zu mir und schlang mir zärtlich die Arme um den Hals.
«Na, gefallen sie dir?»
«Ein bißchen schon ... Das Bild da vor allem erinnert mich an das, was de Staël über die Bewegung geschrieben hat. Weißt du, so etwas wie: *Zufällige Landschaft, weiße, von der Ganglampe beleuchtete Regenfäden im Vordergrund, der Rest nichts als Tiefe, und dann hin und wieder vier Bretter, eine Mauer, zwei Würfel und zweimal ein elektrischer Weichenanzeiger voll roter Sterne auf orangefarbenen Bändern ...*»
Lächelnd antwortete sie: «Ich erinnere mich. Ich kann mir schließlich auch etwas merken: Das ist aus einem der Briefe in dem Band, den du mir geschenkt hast. Den habe ich nämlich immer wieder gelesen ... Aber schreiben kann

nicht nur dein Nicolas de Staël. Kennst du das da?» Dann sagte sie in einem Zug herunter: «*Edles wildes Araberfreudenmädchen ganz aus Kristall der Louisquinze seines Rauchs schüttelt den Flug der Tauben die auf seinen Leib gestochen sind der durch seine Tränen auf die Mähne vergossen ist die am Ende des Schafts der schwarzen Fahne lodert die die Risse des Regenbogens abdichtet der zum Trocknen aufgehängt ist auf den Läden des Fensters mit dem Bogen des Geräusches seiner Augen die an die Tür klopfen ...*»
Außer Atem hielt sie inne, küßte mich in den Nacken und fragte: «Weißt du, von wem das ist?»
«Ich habe nicht die geringste Ahnung. Von André Breton vielleicht?»
«Völlig daneben! Es ist von einem Maler.»
«Ach so ... von Dalí?»
«Nein, von Picasso!»
«Picasso?»
«Solche Texte schrieb er in einem Zug herunter, auf spanisch, und dann malte er sie in kunstvoller Schrift wie ein Bild.»
«Ganz nett.»
«Nein, wundervoll! Ein einziges Wort von ihm ist mehr wert als alle Ausstellungen, die heute

abend in ganz New York stattfinden ... mit Ausnahme von der hier natürlich.»
Sie lachte lauthals, ließ mich dann stehen und mischte sich wieder unter die Menge.
Seltsam, diese Erinnerungen. Mir sind die beiden Texte Wort für Wort wieder eingefallen, ohne das mindeste Stocken. Mein Gedächtnis funktioniert noch ... Das Gedächtnis: Das einzige Unübertragbare. Meine Erinnerungen und Gefühle, meine Hoffnungen und meine Liebe wird nach mir keiner besitzen können.

Sarah geht schnell vom Bett zum Fenster, vom Badezimmer zur Tür. Sie scheint nervös zu sein, beunruhigt. Weil gleich der Konsul eintreffen wird? Lange sieht sie sich im Spiegel an. Es sieht aus, als redete sie mit sich selber, spräche sich Mut zu. Ich finde es bewundernswert, daß sie sich selbst so ins Auge sehen, einen so selbstsicheren, gelassenen Eindruck machen kann, gefeit gegen Kummer und Freude. Solange sie so ist, riskiert sie nichts: Gejagt wird nur ein flüchtendes Tier. Und sie flüchtet nie. Was auch immer geschehen mag, sie bietet allem die Stirn.
Bei mir ist das anders. In den Spiegel schaue ich schon lange nicht mehr. Seit ich mich selbst

belüge und meine Ängste vor mir herschiebe wie Geröll.
Sarah klatscht in die Hände, als wolle sie damit das Ende einer Pause anzeigen. Sie öffnet den Schrank und wühlt darin herum. Was sucht sie? Jetzt geht sie zum Nachttisch, inspiziert die Schubladen, sieht unter das Bett, unter die Bettdecke, in die Taschen ihrer und meiner Kleider.
Ein Schrei, ein Wort, das ich nicht verstehe. Aus der kleinen schwarzen Tasche, die sie gestern abend trug, zieht sie ein Fläschchen hervor. Sie scheint aufs höchste bestürzt zu sein, weiß offenbar nicht, wohin damit. Dann zuckt sie die Achseln, geht ins Bad und kommt ohne Fläschchen wieder heraus. Ich gehe der Sache nach: Sie hat es gut sichtbar auf ein Bord über dem Waschbecken gestellt.
Es klingelt. Sie zuckt zusammen, geht hinaus und kommt mit zwei Männern zurück: Der eine, den ich nicht kenne, spricht französisch. Der andere ... Ach, dieser eingebildete, blasierte, versoffene Werling, der Stellvertreter von Vondespues in New York! Was macht der denn hier? Was hat er sich einzumischen?
Der Franzose – der Konsul vielleicht? – wagt sich nicht in die Nähe des Bettes. Gesenkten

Blickes steht er da, so als suche er auf dem Teppichboden eine Stecknadel.
Werling dagegen schielt ungeniert zu dem unter der Bettdecke verborgenen Toten hinüber. Er sieht enttäuscht aus. Als bedauere er, ihn nicht zu sehen, mich nicht als Leiche zu sehen. Er hat hier nichts zu suchen, dieser schweinische Bürokrat, dieser boshafte Dickwanst! Vermutlich hat ihn der Konsul benachrichtigt, und darauf hat er natürlich nichts Eiligeres zu tun gehabt, als Vondespues anzurufen, der ihn dann gebeten hat, den Diplomaten zu begleiten. Nicht etwa meinetwegen; mein Tod ist Vondespues völlig gleichgültig; er mochte mich nicht und wird hocherfreut sein, meine Stelle einem Italiener zu übertragen. Aber neben dem Franzosen möchte er wohl sein Revier markieren. Möchte zeigen, daß auch er über Leben und Tod seiner Leute Befugnis hat.
Sarah kennt Werling nicht und wendet sich nur an den anderen, auf französisch. Wieder bin ich verblüfft darüber, daß sie sich so perfekt ausdrücken kann. Ist wirklich sie es, die da spricht? Was hat sie mir bloß vorgemacht! ... Aber zu welchem Zweck?
«Vielen Dank, Herr Konsul, daß Sie so schnell

gekommen sind. Ich brauche Ihre Unterstützung bei der Erledigung einer ganzen Reihe von Formalitäten. Ein Coroner hat mir vorhin gesagt, daß Sie mir dabei behilflich sein könnten, die Leiche im Verlauf des morgigen Tages nach Paris überführen zu lassen. Seine schriftliche Einverständniserklärung habe ich; aber es ist, glaube ich, auch Ihre Zustimmung nötig.»
Sie reicht ihm den Brief des Coroners. Der Konsul überfliegt ihn und lächelt dann.
«Selbstverständlich. Wenn der Coroner einverstanden ist, dann bin ich es auch. Ich werde sofort das Nötige veranlassen ... Dieses Papier behalte ich, wenn Sie erlauben.»
«Ich danke Ihnen, das ist mir eine große Erleichterung. Ich wußte nicht so recht, wie ich vorgehen sollte. Was die Kosten angeht ...»
«Machen Sie sich da keine Gedanken, das übernehmen alles wir», wirft Werling ein.
«Kommt nicht in Frage», erwidert sie schroff. «Ich bestehe darauf, alles selbst zu bezahlen.»
Sie geht zum Schrank, öffnet eine Schublade und holt einen großen, festen Umschlag heraus, den sie dem Konsul reicht.
«Darin finden Sie seinen Paß und seine persönlichen Papiere. Ich habe auch zwanzigtausend

Dollar in bar hineingelegt. Die Wahl des Sarges und der Überführungsmodalitäten überlasse ich Ihnen. Glauben Sie, das wird genügen?»
Wie hat sie denn das geschafft? So eine Summe hatte sie doch gar nicht; niemand weiß das besser als ich ... Ich kenne den Stand ihrer Konten ... Wo hat sie das her?
Der Konsul weiß nicht, was er mit dem Umschlag machen soll.

Er hält ihn in der Hand wie einen obszönen Gegenstand.
«Damit hat es keine Eile ... Morgen früh lasse ich die Leiche zum Flughafen bringen und dann wird der Sarg mit einem Linienflug nach Paris transportiert. Ich werde das sofort in die Wege leiten. Äh ... Nächste Woche bekommen Sie dann die Rechnungen und selbstverständlich auch den Restbetrag ...»
Sarah zuckt die Schultern und lächelt. Geschäftig schaltet sich Werling wieder ein.
«Ich habe schon das State Department benachrichtigt. Und Präsident Vondespues hat dafür gesorgt, daß der Leichnam unverzüglich nach Brüssel weitertransportiert wird.»
Ja, was geht ihn denn das an? Das State Department hat doch damit gar nichts zu tun!

Das ist einzig und allein eine Angelegenheit der Stadt New York! Lächerlich ist das. Und außerdem will ich nicht nach Brüssel, sondern nach Rouen!
Der Konsul geht gar nicht darauf ein. Auch Sarah ignoriert ihn. So ist es recht.
«Bis dahin», fährt der Konsul fort, «muß er in eine Leichenhalle gebracht werden. Haben Sie darüber schon nachgedacht?»
Ihr Gesicht verkrampft sich.
«Ja, ich habe daran gedacht. Aber ich möchte ihn lieber hierbehalten, für eine Totenwache. Ich glaube, daß das in seinem Sinne wäre. Und ich weiß auch, daß ich das Recht dazu habe.»
Ein wenig überrascht von der Schroffheit ihres Tones, nickt der Konsul.
«Natürlich haben Sie das Recht dazu ... Und ich begreife Sie ja auch.» (Er blickt auf seine Uhr.) «Oh, schon zehn nach vier! Wenn Sie nichts einzuwenden haben, werde ich mich jetzt von Ihnen verabschieden. Falls sich irgendein Problem ergeben sollte, rufe ich Sie am späten Nachmittag an. Ansonsten komme ich morgen früh gegen neun hierher, mit dem Sarg ... und allem Nötigen.»
«Einverstanden ... Wenn Sie wünschen, können Sie auch später kommen ...»

Sie gehen hinaus; ich höre, wie ihre Stimmen immer ferner klingen.
«Nochmals vielen Dank ... Ich wußte, daß man sich auf Sie verlassen kann.»
«Das ist doch alles eine Selbstverständlichkeit ... Ich habe Ihren Vater sehr verehrt ... und schließlich ist der Mann Franzose.»
Ihren Vater? ... Er kannte ihren Vater?
«Mein Vater hielt auch große Stücke auf Sie. Das weiß ich noch gut ...»
«Was werden Sie jetzt machen, Mademoiselle, nach alledem? Gehen Sie wieder nach Aspen zurück? Ich werde in einem Monat im *Rebecca* absteigen ... Gebucht habe ich schon ...»
«Ach je, das ist schön ... Ich weiß nicht. Ich habe noch nichts entschieden ...»
Er kennt das Hotel? ... Aber ja, natürlich! Dort habe ich ihn ja schon einmal getroffen! Während des Musikfestivals im August haben wir nach einem Rostropowitsch-Konzert zusammen zu Abend gegessen.
Da sich am Tag nach dem Konzert eines der drolligsten Ereignisse jenes Sommers zugetragen hat, ist mir der farblose Diplomat völlig aus dem Gedächtnis entschwunden!
Wir waren damals in ein Dorf in Colorado in der Nähe von Vail gefahren, wo laut Sarah ein

großer Hobby-Maler leben sollte. Wir kamen in einem armseligen, aus Wellblechhütten bestehenden Weiler an. Auf den Straßen lungerten alte Indianer in Jeans und ein paar auf exotische Fotos erpichte Touristen herum. Vor einer der Hütten hatte ein nicht gar so heruntergekommener junger Mann Bilder auf dem Boden ausgelegt. Sarah ging zu ihm hin. Die Bilder waren ziemlich gut. Sarah wollte eines kaufen und den Preis dafür aushandeln. Sie sprach den Mann zuerst auf seine Vorläufer an und nannte die Namen anderer indianischer Maler. Mit einem leicht überraschten Blick unterbrach er sie, holte eine gedruckte Preisliste heraus, fragte sie, ob sie mit einer Kreditkarte bezahlen wolle und unterbrach dann das Gespräch von neuem, da aus Tokio gerade ein Fax eintraf ...

Wir fuhren wieder weg, ohne etwas gekauft zu haben. Sarah saß am Steuer; sie wußte offenbar nicht, ob sie beleidigt sein oder loslachen sollte.

Ich sagte zu ihr: «Siehst du, diese Leute sind nichts als falsche Maler und echte Geschäftsleute. Du solltest das Ganze aufgeben ...»

Sie runzelte die Stirn, fuhr an den Straßenrand und schaltete den Motor ab. Dann sah sie mich böse an.

«Was soll ich aufgeben? Die Malerei? Und du, hast du schon irgend etwas aufgegeben, seit du mich kennst?»
«Was ich aufgegeben habe? ... Ich weiß nicht. Was meinst du damit?»
«Das weißt du ganz genau.»
«Nein, erklär es mir!»
Sie zuckte die Schultern, sah geradeaus vor sich hin und sagte: «Wenn du es nicht weißt, hat es wirklich überhaupt keinen Sinn. Dann sollten wir uns lieber trennen.»
«Red keinen Unsinn!»
Lange fuhren wir dann schweigend dahin. Schließlich fragte ich noch einmal: «Was hätte ich aufgeben sollen?»
«Das kannst nur du allein wissen.»
«Ich?»
«Ja. Wenn du gewollt hättest, hättest du dich schon dazu entschlossen. Aber nein! Ohnehin hat jede Liebe einmal ein Ende. So wie das Leben. Du hast recht: Gib nichts auf für mich. Ich bin es nicht wert ...»
«Sag so etwas nicht! Liebe kann dauerhaft sein ... Sie kann in die Ewigkeit eingehen ...»
«Das ist doch nur Gerede ... Paß bloß auf: Mehr und mehr treten bei dir Worte an die Stelle des Lebens ... Es gibt keine Ewigkeit.

Nach meinem Tod wird sich niemand erinnern, wer ich gewesen bin. Nicht einmal du. Nach meinem Tod gibt es nichts.»
Halb lächelnd, halb weinend sagte sie dann: «... es sei denn, du nähmst mich in deinen Tod mit.»
«In meinen Tod? Was meinst du denn damit?»
Sie trat fester aufs Gas und murmelte achselzuckend: «Nichts. Was soll ich damit schon meinen?»

Im Speicher klingelt es wieder. Ich höre, wie Sarah sich beim Konsul und bei Werling entschuldigt. Beim Hinausgehen bestätigen die beiden nochmals, daß sie sich um alles kümmern und sich morgen telefonisch melden werden.
Sarah bittet neue Besucher herein, deren Stimmen ich undeutlich höre. Sie kommt wieder ins Zimmer, gefolgt von dem Arzt, der vorhin den Coroner begleitete. Er hat wieder seinen Regenmantel in der Hand. Was will er denn noch? Diesmal hat er einen jungen Mann im Schlepptau. Der ist mager, blaßäugig, schlecht angezogen ... graues T-Shirt, zerrissene Jeans, rote Turnschuhe – und hat einen schweren schwarzen Handkoffer dabei, den er

am Bettende abstellt. Mit herabhängenden Armen bleibt er dann stehen.
Sarah macht die Tür hinter den beiden zu. Sie sieht erschöpft aus, verwirrt und beunruhigt.
Sie jetzt in meine Arme schließen ... Ich mache mir Vorwürfe, daß ich ihr das alles aufgeladen habe. Ich ahne Böses. Sarah offensichtlich auch.
«Was ist los, meine Herren? Was kann ich noch für Sie tun?»
Der Arzt legt bedächtig seinen Regenmantel aufs Bett und brummelt, ohne seinen Zigarettenstummel aus dem Mund zu nehmen: «Nun, mir ist da im Zusammenhang mit dem Tod Ihres Freundes etwas eingefallen. Und das hat mich dazu veranlaßt, noch einmal herzukommen und ein paar Nachforschungen anzustellen ...»
«Selbstverständlich, wenn Ihnen etwa daran liegt ... Ich höre.»
«Ich würde mir gern noch einmal die Tabletten ansehen, die er eingenommen hat ... Sie wissen schon, das Schlafmittel ...»
Sarah deutet auf den Nachttisch.
«Es ist immer noch an der gleichen Stelle.»
Der Arzt nimmt wortlos das Fläschchen. Aufmerksam liest er das Etikett. Dann öffnet er die

Nachttischschubladen. Macht sie wieder zu. Hebt die Bettdecke hoch und mustert wieder das Gesicht des Toten, das ich von da, wo ich bin, jetzt nicht sehen kann.

«Wie ich es mir gedacht hatte. Dieses Schlafmittel kann nicht zu einer solchen Verzerrung des Gesichts geführt haben ... Er muß etwas anderes genommen haben ... Aber was? Darf ich mal Ihr Arzneischränkchen sehen?»

Sie stammelt: «Natürlich ... da ist es ... im Bad ...»

Der Arzt bedeutet dem jungen Mann, dort nachzusehen. Ich höre, wie er reichlich unsanft die Schubladen öffnet. Mit ein paar Fläschchen kommt er wieder heraus und zeigt sie dem Arzt. Ich möchte schwören, daß auch das dabei ist, das sie vorhin in ihrer Tasche gefunden hat. Der Arzt leert die Fläschchen in die Hände seines Assistenten. Er sortiert die Pillen, nimmt dann eine graue, flache und runde Tablette, hält sie Sarah hin und fragt nachdrücklich: «Sind Sie sicher, daß er nicht so eine genommen hat?»

Sarah sieht ihn zögernd an, nimmt dann die Tablette und legt sie sich auf die Handfläche.

«Ich glaube nicht ... Aber ich weiß es nicht. Ich war ja nicht da ...»

Seltsam: Ihre Stimme ist zittrig und unsicher. Warum zaudert sie denn? Ich habe noch nie so eine Tablette gesehen. Geschweige denn eingenommen.
Der Arzt füllt eine Pille nach der anderen in ihr Fläschchen zurück. Wie lauter Gongschläge zählt er sie hinein. Nur die graue Tablette nimmt er mit den Fingerspitzen, hält sie Sarah vor die Augen und sieht sie dabei eindringlich an.
«Sie haben doch vorhin gesagt, er habe im Abstand von mehreren Stunden zwei Schlaftabletten genommen, oder? Ist das richtig so?»
«Ich habe gesagt ‹vielleicht› ... Eine bestimmt; aber zwei, das weiß ich nicht. Vermutlich schon. Das machte er oft. Aber ich war nicht dabei. Warum fragen Sie mich das?»
«Wenn er statt der zweiten Schlaftablette eine dieser Pillen genommen hätte, wäre es bei ihm zu einem furchtbaren Herzkollaps und auch zu dieser Gesichtsverzerrung gekommen ... Daran wäre er gestorben. Sind Sie also sicher, daß er keine genommen hat?»
Sie zögert und sagt dann in fast unbeteiligtem Ton: «Wie soll ich denn das wissen? Ich habe diese Tabletten noch nie gesehen. Ich selbst nehme keine. Und ich glaube auch nicht, daß er welche

genommen hat. Außerden haben Sie die ja gar nicht am Bett gefunden; seine Schlaftabletten dagegen hatte er in Reichweite. Das ist alles, was ich weiß. Mehr kann ich Ihnen nicht sagen.»

«Und wer hat sie dann Ihrer Meinung nach ins Bad gestellt?»

«Das weiß ich nicht, Herr Doktor, ich weiß es nicht.»

«Es kann doch sein, daß er sie gestern abend dorthingebracht, dann im Bad eine genommen und das Fläschchen stehengelassen hat, bevor er wieder ins Bett gegangen ist.»

«Möglich. Aber ich sagte Ihnen ja schon, daß ich diese Tabletten noch nie gesehen habe.»

«Also noch einmal: Wer kann sie dann hierhergebracht haben?»

«Ich weiß es nicht, Herr Doktor. Außer ihm und mir hat niemand zu diesem Zimmer Zutritt.»

«Und Ihre Angestellten? Es wird doch hier jemand saubermachen!»

«Ja, Joan, jeden Tag. Aber ich kann mir nicht vorstellen, daß sie bei mir ihre Medikamente abstellt!»

Er setzt eine verärgerte Miene auf.

«Das ist kein Medikament. Das ist eine Droge, ein sehr gefährliches und für einen Herzkranken sogar tödliches Aufputschmittel.»

Sarah zuckt die Achseln und geht zum Schrank.
«Ich wüßte wirklich nicht, warum Julien so etwas hätte nehmen sollen. Er nahm überhaupt keine Drogen. Und genausowenig hätte er diese runden, flachen, hellgrauen Tabletten mit den dunkelgrünen, olivförmigen verwechseln können, die er schon jahrelang nahm. Schauen Sie nur und vergleichen Sie. Das ist doch höchst unwahrscheinlich!»
Der Arzt geht nun auf das Bett zu und stellt sich neben das mexikanische Pferd.
«Das ist es tatsächlich, Gnädigste. Er hätte wohl kaum die verkehrte nehmen können ... ohne es zu merken.»
Verärgert wehrt sie ab.
«Sie meinen, daß er es absichtlich gemacht hat? Nein. Selbstmordgefährdet ist Julien nicht gewesen. Daß er sich vergiftet haben soll, kann ich mir nicht vorstellen. Außerdem war er gestern abend sehr glücklich.»
«Das sagen Sie! ... Wissen Sie was, wenn ich vernünftig wäre, würde ich eine Autopsie anordnen.»
Um Gottes willen nein! Der ist ja verrückt! Das darf er nicht!
Er geht zu dem Nachttisch zwischen Wand

und Bett. Sarah steht ihm bewegungslos gegenüber. Mit sanfter, träger, überdrüssiger Stimme sagt sie: «Verfahren Sie, wie Ihnen beliebt, Herr Doktor. Aber wenn Sie das tun, werden Sie ihm einzig und allein seinen Tod verderben. Und auf den legte er mehr Wert als auf sein Leben.»

Der Arzt schweigt. Er hat noch immer seinen erloschenen Zigarettenstummel zwischen den Lippen.

Sarah sagt: «Was vermuten Sie eigentlich? Daß er Selbstmord begangen hat? Daß ihn jemand umgebracht hat? Das ich das war? Sagen Sie schon, was glauben Sie wirklich?»

«Vielleicht das eine ... Vielleicht das andere ... Vielleicht keins von beidem. Nur mit einer Autopsie könnte man sich darüber einigermaßen Gewißheit verschaffen.»

Sie stehen jetzt zu beiden Seiten des Bettes, dazwischen der Leichnam, ein langes Etwas unter der Bettdecke. Sie beobachten sich. Sarah regt sich nicht: Sie ist wieder ziemlich gelassen, so als ob sie bei ihrem Gegenüber einen schwachen Punkt entdeckt hätte.

«Wenn Sie ihn obduzieren lassen, beweisen Sie damit gar nichts.»

«Vielleicht ... »

«Er hatte keinerlei Grund, sich umzubringen; heute früh sollte er zu seiner Tochter und seiner Arbeit nach Paris zurückfliegen.»

«Wer weiß? Das war ihm vielleicht nicht mehr das Wichtigste ...»

Sie zuckt die Schultern.

«Man bringt sich nicht um, wenn man glücklich ist.»

«Es sei denn, jemand ist hereingekommen, nachdem Ihr Freund eingeschlafen war, hat die zweite Schlaftablette durch die andere Pille ersetzt, hat ihn dann aufgeweckt, ihn dazu veranlaßt, die Pille einzunehmen, und ist wieder gegangen.»

Sie protestiert. «Wer wußte denn außer mir, daß er manchmal zwei Schlaftabletten nahm? Ich soll ihn also getötet haben? Und warum? Und wie? Ich bin erst gegen drei Uhr morgens nach Hause gekommen. Bis dahin war ich auf einer Vernissage in Soho, das können etwa zweihundert Leute bezeugen. Und überhaupt, wenn es mir darauf angekommen wäre, meine Unschuld zu beweisen, dann hätte ich ja nur zu sagen brauchen, daß ich schon einmal gesehen habe, wie er eine dieser Pillen genommen hat. Nein ... Ihre Hypothesen haben weder Hand noch Fuß. Er hat lediglich seine zwei üblichen

Schlaftabletten genommen. Und gestorben ist er an einem Herzanfall. Ihre erste These vorhin war die richtige.»

«Darüber wird die Polizei zu befinden haben, nicht der Arzt. Ich muß mich hier darauf beschränken, meine Pflicht zu tun.»

Er holt ein Blatt Papier aus seinem Handkoffer und fängt an zu schreiben. Dann hält er inne, zerknüllt das Papier und wirft es auf den Boden.

Nickend kaut er auf seinem Stummel herum. Er blickt unverwandt auf Sarah. Ein langes Schweigen macht sich breit. Auch sie schaut ihn an, ist ständig auf der Hut; sie sieht aus, als habe sie Angst davor, Angst zu bekommen.

Gott, wie schön sie ist! Wie habe ich nur vergessen können, wie schön sie ist!

«Ach, wozu denn?» entfährt es dem Arzt schließlich. «Wozu? Beweisen läßt sich ja doch nichts. In dieser Stadt sterben jeden Abend Hunderte von Leuten an ihren chemischen Cocktails. Sie mischen sich Reisen zurecht, von denen sie nie mehr zurückkommen. Ihrem Freund da ist es vermutlich genauso ergangen ... Aber beweisen wird sich das nicht lassen. Und erst recht wird man nicht beweisen können, daß Sie oder irgend jemand anderer ihm das Gift in die Hand gedrückt haben. Selbst wenn der Obduktionsbefund positiv wäre, würde man auf Selbstmord erkennen und das Verfahren einstellen. Wozu soll ich da also irgendeinen Detektiv bemühen: Die Polizei in Manhattan hat weiß Gott Dringenderes zu tun.»

Sarah sagt mit metallischer Stimme: «Tun Sie, was Sie für richtig halten.»

Das klingt schon etwas fester im Ton.

Der Arzt räumt bedächtig seine Sachen zusammen und brummt dann: «Der Mann scheint aber gute Gründe gehabt zu haben, seinem Alltagsleben zu entfliehen ... Was meinen Sie dazu?»

Zarte Sarah. Ich spüre einen Eisberg des Entsetzens in ihr, schwindelnde Abgründe.

Sie antwortet nicht. Sagte sie auch nur ein Wort, so würde sie schluchzend zusammenbrechen.

Es hat doch nicht etwa sie ... Nein, ganz ausgeschlossen! Warum sollte sie das getan haben? ... Das hätte ja überhaupt keinen Sinn. Wie habe ich auch nur einen Augenblick so etwas denken können? ...

Der Arzt gibt seinem Assistenten ein Zeichen, hinauszugehen. Er will ihm gerade nach, da

bleibt er noch einmal stehen und deutet auf das Bett.
«Sie brauchen mich nicht hinauszubegleiten; kümmern Sie sich lieber um ihn. Sein Tod muß äußerst qualvoll gewesen sein. Und jetzt ist er gerade noch einer Autopsie entgangen. Da hat er schon ein wenig Aufmerksamkeit verdient.»
Sarah rührt sich nicht von der Stelle und sieht ihm zu, wie er hinausgeht. Wie gern würde ich sie in die Arme nehmen, sie trösten, mich ihrer annehmen!

Ich hätte alles aufgeben sollen, um an ihrer Seite zu leben! Was hätten die Jahre, die mir noch blieben, mir bedeuten sollen, wenn sie ihr nichts mehr bedeuteten? ... Ich hätte Sie zwingen sollen, Sarah zu akzeptieren, hätte allem Spottgelächter trotzen und nicht mehr darauf aus sein sollen, bewundert zu werden, da ich doch hier geliebt wurde. Nietzsche hat recht: «*Solange man gelobt wird, ist man ein Abbild der anderen*». Alles Neue erregt den Zorn der Gewohnheiten. Da habe ich erst sterben müssen, um das zu erkennen.
Wieder klingelt das Telefon. Sarah hebt ab. Ihre Hand zittert. Es ist der Konsul. Alles ist bereit: Morgen kann mein Leichnam nach Paris über-

geführt werden. Sie dankt ihm, legt auf, schlägt die Hände vors Gesicht ... Weint sie?
Was werden sie in Rouen mit mir machen? So, wie ich Emmanuel kenne, wird er sich meiner Leiche so schnell wie möglich entledigen. Gleich am Mittwoch morgen zwei Gebete auf dem Friedhof und dann ... Ob die beiden wohl kommen werden? Ich mag keine Beerdigungen. Wie da immer alle herumstehen und flüstern und sich beobachten. Und keiner denkt daran, daß einmal er an der Reihe sein wird. Niemand wagt sich selbst an die Stelle des Toten zu denken. Alles wird nur hingepfuscht, hingeschludert. Das Wichtigste hat sich am ersten Tag entschieden, in der Verborgenheit der Gefühle und der Wahrhaftigkeit der Taten.
Abenddämmerung: Die von Mittwoch werde ich nicht mehr sehen. Da bin ich schon in der Grube.
Das ist zu früh! Zu ungerecht! Zu dumm auch, gerade an dem Tag zu sterben, an dem ich aufgehört habe, mir etwas vorzuspielen, jetzt, wo ich endlich frei wäre ... Es sei denn, die Freiheit kommt erst mit dem Tod?
Der Tod sortiert die Gefühle aus. Klopft die Wünsche ab. Es tut mir so leid wegen all des

Kummers, den ich anderen bereitet habe, meinem Vater, meinen Freunden, einigen Frauen, Ihr. Mich reuen all die vergeudeten Glücksmomente, die winzigen Atempausen zwischen zwei Stürmen.

So gern hätte ich dieses Buch fertigschreiben wollen, in das Leben dieses russischen Pagen schlüpfen, der zuerst französischer Fremdenlegionär, dann Maler und Seiltänzer wurde, hätte zeigen wollen, wie er seine Schöpfungen träumte, unter ihnen litt, hinter den Worten Formen wahrnahm, ihnen Leben verlieh und schließlich seinen Abgang selbst wählte. Sein ganzes Leben auf einem gespannten Seil und seinen Tod von einem Balkon aus.

Erzählen konnte ich gut von ihm, schreiben aber nicht. Mein Manuskript ist ungestalt geblieben. Ich war nicht der Mann, mich in eine Sache hineinzuknien, sondern lediglich ein ganz annehmbarer Dozent, der sich von der Aufmerksamkeit seiner Studenten tragen ließ. Hinterlassen werde ich nur einen Entwurf und Notizen. Dem Schriftstellerberuf bin ich genausowenig gerecht geworden wie allen anderen auch. Was hätte ich auch schreiben sollen? Einen Kommentar über das Leben eines Mannes, der das seine nicht zu Ende

leben wollte? Mein gesamtes Dasein über habe ich nur versucht, das Leben zu beschreiben, doch umsonst. Habe nichts geschaffen und nichts ausgelebt.
Da kommt mir ein Satz in den Sinn: «*Es ist doch zu dumm. Zu dumm, daß es so weit gekommen ist.*» Ich hatte gehofft, daß wenigstens mich der Tod zu erhabeneren Gedanken inspirieren würde. Nun, dann eben nicht. Damit muß ich mich abfinden. Selbst ich habe für mich nicht mehr als ein vorübergehendes Bedauern übrig, ein kümmerliches Zurücksehnen. Was soll ich da erst von den andern erwarten?

Sarah hat den Arzt und seinen Assistenten hinausbegleitet. Ich bin wieder allein mit dem Leichnam. Ich traue mich nicht näher an ihn heran. Ohnehin kann ich die Bettdecke nicht zurückschlagen ... So versuche ich nur, mich an sein Gesicht zu erinnern.
Der Arzt hat gesagt, ich hätte viel gelitten. Davon weiß ich gar nichts mehr. Woran bin ich gestorben? Wenn die zweite Tablette nicht wie die erste gewesen wäre, dann hätte ich das doch gemerkt. Und daß sie mich umgebracht haben soll, ist völlig undenkbar ... Nie hätte sie

das getan. Ich kann mir einfach keine Sarah vorstellen, die da hinter der Tür lauscht, wartet, bis ich eingeschlafen bin, hereinkommt, das Schlafmittel mit einem Gift vertauscht, mich durch einen leichten Stoß weckt, sich wieder hinter der Tür postiert, bis ich die Tablette genommen habe, und dann zurück zu ihrer Veranstaltung geht, um sich ein Alibi zu verschaffen.
Nein, unmöglich! Sie hatte ja gar kein Motiv, um so zu handeln. Sie hat mich nicht genug geliebt, um mich derart hassen zu können. Und ich wüßte auch nicht, was mein Tod ihr hätte bringen sollen ... Nein, ich habe zwei Schlaftabletten genommen und bin an einem Herzanfall gestorben. Eines «natürlichen» Todes. Ich hätte auch einer langen Krankheit erliegen und sehen und hören können, wie die andern mich bedauerten. Oder einem Unfall zum Opfer fallen, das wäre spektakulärer gewesen und hätte mir mehr Nachruhm verschafft. Aber nichts dergleichen. Ich habe einen gewöhnlichen Tod gehabt. Einen heftigen zwar, aber doch einen banalen. Durch einen Mord wäre er interessant geworden. So aber muß ich es hinnehmen, daß ich nicht mehr als ein Name sein werde, der mit zwei Daten auf einem beliebigen Grab steht.

Das Grab meines Vaters habe ich nie sehen wollen. Ich habe nur ein Foto davon, das Sie aufgenommen hat, als Emmanuel Sie einmal dorthin mitnahm. Für mich lebt er in den Gegenständen weiter, die er geliebt hat, und nicht unter einem dieser kleinen, gleichartigen, in enger Reihe stehenden Steinblöcke.
Seinen Tod habe ich mir ausgedacht. Habe ihn erfunden, dann geträumt und so oft wiederholt, bis ich schließlich selbst daran glaubte. Und erst seit ich selber tot bin, kann ich mir eingestehen, daß auch dieser Unfall nur ein Traum war. Wie bin ich nur auf dieses Lügengespinst gekommen?
Mein Vater ... Wie sehr er mir fehlt! Wie sehr er mir fehlt!
Werde ich Ihr genauso fehlen? Jetzt ist Sie gerade in Roissy und gerät in Panik: Ich war nicht im Flugzeug. Dann wird Sie wie immer nach Paris zu Sandrine fahren. Von dort aus wird Sie in New York anrufen. Sie wird mich im Hotel nicht erreichen und sich Sorgen machen. Ach, wie gerne würde ich mit Ihr sprechen, Sie trösten!

Ich weiß noch, wie ich einmal in versunkenster Kindheit meinen Vater gefragt habe, ob er nach seinem Tod aus dem Jenseits noch mit mir werde sprechen können – wie selbstverständlich es für Kinder ist, daß nicht etwa sie selbst vor ihren Eltern sterben! ... Vor lauter Rührung schmolz an jenem Abend sein Panzer aus Schüchternheit plötzlich. In sanftem Ton antwortete er mir, daß er dessen ganz sicher sei. «Und warum bist du so sicher, Papa?» Vor langer Zeit habe ihn ein ganz besonderes Ereignis zu dieser Überzeugung gebracht. «Was für eins, Papa, was für eins?» Erst zögerte er ein wenig, doch dann begann er zu erzählen: Eines Abends habe er zusammen mit anderen dem Bruder einer verstorbenen Freundin Gesellschaft geleistet – aus der Art, wie er von ihr sprach, durfte ich schließen, daß sie ihm viel bedeutet hatte. Der Bruder habe ihnen vorgeschlagen, mit seiner Schwester Verbindung aufzunehmen. So überschwenglich sei er dabei gewesen, daß alle gelächelt hätten. Er habe dann auf einen runden Tisch ein Glas gestellt und kleine Zettel mit den Buchstaben des Alphabets ausgelegt. Neugierig hätten sie sich an den Tisch gesetzt. Der Bruder habe neben das Glas eine Kerze gestellt, dann das Licht gelöscht und die Läden geschlossen. Ganz still sei es geworden. Dann habe der Bruder mit heiserer Stimme gefragt: «Schwesterlein, hörst du mich?» Nach ein paar Sekunden sei das Glas in Bewegung geraten, sei zögernd von einem Buchstaben zum anderen gerückt und habe damit ein «Ja» gebildet. Darauf habe der Bruder gefragt: «Ist alles in Ordnung bei dir?» Wieder habe das Glas zuerst gezaudert und dann mit «NEIN» geantwortet. Dann sei es noch einmal lange den Buchstabenkreis entlanggefahren, bis ein «NOCH NICHT» entstanden sei. Mein Vater sei wie die anderen Anwesenden davon überzeugt gewesen, daß es sich bei dem Ganzen um einen abgeschmackten Trick handelte. Er habe unter und neben dem Tisch herumgesucht: Nichts. Da habe er es genau wissen wollen und daher dem Bruder seiner Freundin eine Falle gestellt. Er sei als einziger in dem Raum des Hebräischen mächtig gewesen, das auch die Tote beherrscht habe. Also habe er die Buchstaben des hebräischen Alphabets auf Zettel geschrieben und diese auf den Tisch gelegt. Dann habe er in dieser Sprache laut eine Frage gestellt. Ohne zu zögern sei das Glas zu den Buchstaben gerückt, aus denen die Antwort bestanden habe. Nie hat er mir sagen wollen, wie jene Frage gelautet hat und wie die Antwort darauf. Auch

den Namen der Toten habe ich nie von ihm erfahren.
Erst viel später, als sich allmählich eins zum andern fügte, kam ich darauf, daß sie meine und Emmanuels Mutter war. Und daß jener Abend das Dasein meines Vaters erschüttert hatte.
Ich habe mir solche Vorwürfe gemacht, weil ich nie mehr mit ihm darüber gesprochen habe. Weder darüber noch über irgend etwas anderes ...
Bis zum Vortag seiner letzten Reise nach Celebes, einige Monate vor Ihrer Geburt.
Er hatte mich zum Abendessen eingeladen und erzählte mir, wie er die Expedition organisiert hatte, die ihn zum elftenmal zu den Toradjas führen sollte. Er wußte, daß die Prinzessin, bei deren Tod er einige Jahre vorher zugegen gewesen war, nun endlich bestattet werden würde. Und daß es ihm als erstem Anthropologen vergönnt sein würde, einem Fürstenbegräbnis bei diesem Stamm beizuwohnen. Dem letzten vermutlich, bevor das moderne Leben diese Tradition tilgen würde.
Ich war müde an jenem Abend, nervös. Ich konnte mich nur mühsam auf ihn konzentrieren, hatte finanzielle Sorgen, von denen ich

ihm nichts zu erzählen wagte. Interessierte er sich überhaupt je für meine Probleme? Würde er ihnen je irgendeine Bedeutung beimessen? Um seine detailfreudigen Erläuterungen zu unterbrechen, sagte ich: «Eigentlich hast du dich dein ganzes Leben lang mehr für die Toten interessiert als für die Lebenden.»
Ich glaubte das nur so dahingesagt zu haben, wie eine harmlose Bemerkung über seine Arbeit. Tatsächlich ging es ja in seinen sämtlichen Büchern um Bestattungsriten, und er war ein weltweit anerkannter Experte dafür. Er aber faßte es als Vorwurf auf. Womit er wohl recht hatte: Es war ein Vorwurf.
Er wurde blaß, stand auf und sagte leise: «Deine Mutter ...»
Dann trat zwischen uns beiden ein tiefes Schweigen ein, das auch durch einen Schwall von Banalitäten nicht gebrochen werden konnte ... Ich habe ihn nie wiedergesehen ...

Allmählich wird es Nacht. Wie spät mag es sein? Wann wird Sarah wiederkommen? ... Diese Einsamkeit wird mir immer unerträglicher.
Da geht die Tür auf. Max steckt den Kopf herein und verschwindet wieder. Ich höre, wie

er den Speicher verläßt. Jetzt bin ich mit dem Leichnam wieder allein. Ich wage ihn immer noch nicht anzusehen.
Um wieviel Uhr genau bin ich gestorben? Habe ich gelitten? Ich erinnere mich an gar nichts. Vielleicht war es ein furchtbarer Tod. Da fällt mir wieder ein, wie fröhlich Max heute morgen dreingeschaut hat. Ob etwa er mich vergiftet hat? Der Junge würde vor nichts zurückschrecken, um seine Ziele zu erreichen. Aber hätte ich denn meine Tablette mit einer anderen verwechseln können? Bestimmt hätte ich den Unterschied bemerkt.
Die Tür geht auf ... Sarah, endlich! ... Sie kommt ins Zimmer und schlägt die Tür hinter sich zu. Fieberhaft geht sie zum Bett, sucht in ihrer Handtasche, holt ein Foto heraus und stellt es neben der Leiche auf den Nachttisch. Von fern sehe ich nicht, was es ist.
Ich gehe näher hin: Schock! Taumel!
Unglaublich! Ein Foto meines Vaters!
Und nicht etwa irgendeines, sondern die Aufnahme, die ihn vor vierzig Jahren in einem Lager auf Celebes zeigt, umgeben von jungen holländischen Forschern und balinesischen Führern. Er sieht darauf glücklich aus, selbstsicher, triumphierend. Ich kenne das Foto gut: es

steht auf meinem Schreibtisch in Brüssel, das heißt, es stand vor vier Tagen noch dort! ... Es wirkte beruhigend auf mich, denn ich las darauf: «Ich bin stolz auf dich.»
Wie ist Sarah denn an das Foto gekommen? Hat sie es etwa dort geholt? Das hätte sie nur vorgestern tun können. Natürlich! Von London aus ist sie nicht direkt nach New York zurückgeflogen, und ich bin erst vorgestern früh hier eingetroffen ... Hat man sie denn in mein Büro gelassen? Unmöglich! Es sei denn, sie hätte dort eine Komplizin ... Aber wen? Meine Sekretärin? ... Oder etwa Sie? ... Absurd! ...
Warum hat Sarah dieses Foto neben die Leiche gestellt? Was will sie damit beweisen? Und wem will sie etwas beweisen? Ich begreife das nicht ...
Lächelnd betrachtet sie das Bild. Dann wühlt sie wieder in ihrer Tasche, holt noch ein gerahmtes Foto heraus und stellt es neben das erste. Sie tritt ein wenig zurück und wirft auf beide einen ernsten Blick.
Ich gehe wieder näher hin: nein, das ist aber jetzt unmöglich, ganz unmöglich!
Das Grab meines Vaters auf dem Friedhof von Rouen. Ein Foto, das ich gar nicht kannte.

Wo hat sie das her? Wie hat sie es sich beschafft? Ich habe Sarah nie gestanden, daß es dieses Grab überhaupt gibt.
Sie hat es dennoch gefunden. Schon gestern abend hat sie mir das zu verstehen gegeben. Ich habe ihr nicht geglaubt. Sie weiß also, wie er gestorben ist. Allein im Krankenhaus. Allein deshalb, weil ich es nicht für nötig erachtet habe, nach Bali zu fliegen, als man mir mitgeteilt hatte, er habe sich im Busch verletzt und sei ins Krankenhaus von Denpasar eingeliefert worden. Seine Verletzung war nicht sehr schwer. Und ich war mit Arbeit überlastet.
Wie hat sie erfahren, daß seine Leiche nach Frankreich übergeführt und in Rouen beigesetzt worden ist? Warum hat sie mich dann erzählen lassen, er sei bei einem Flugzeugabsturz an einem balinesischen Strand ums Leben gekommen? Jedesmal mußte ich etwas Neues hinzudichten, und da ich ihre vornehme Zurückhaltung für Gleichgültigkeit hielt, ließ ich der Lüge ihren Lauf. Bis ich schließlich selbst daran glaubte.
Warum hat sie mir nicht gesagt, daß sie die Wahrheit kannte? Um mich zu schützen? Mir nicht weh zu tun?
Mit diesem Foto fordert sie mich jenseits des

Todes noch heraus. Warum? Weiß sie denn, daß ich sie in diesem Augenblick sehe? Habe ich einmal etwas zu ihr gesagt, was sie jetzt veranlaßt, dieses Foto neben meine Leiche zu stellen?
Ich kann mich nicht erinnern ... Vielleicht im *Les Abricots*?
Das ergibt doch alles keinen Sinn. Und sieht doch wie von langer Hand vorbereitet aus. Als vollführe sie irgendein Ritual, für das es nur dann eine Erklärung gäbe, wenn sie mich umgebracht haben sollte.
Ja, sie hat mich umgebracht; sie hat meinen Tod gewollt, weil sie mich als Lebenden bald verloren hätte ... Und mich als Toten ganz für sich hat.
Jetzt fügt sich alles zusammen: Gestern abend muß sie sehr früh nach Hause gekommen sein, vielleicht sogar, bevor ich eingeschlafen bin. Sie hat die Tabletten vertauscht und mich dann geweckt. Anschließend ist sie zu ihre Vernissage zurück.
Kann man so sehr geliebt werden, daß man dadurch jemanden zum Verbrecher macht?
Von Brüssel aus ahnte Sie es gestern abend schon: «Wo auch immer du morgen abend bist, ich werde bei dir sein.» Habe ich diesen

Satz geträumt, oder habe ich wirklich mit Ihr gesprochen? Ist der Traum das Vorzimmer zum Jenseits?
Eines Nachts – Sie mochte etwa acht Jahre alt gewesen sein –, als Sie nicht einschlafen wollte, sagte Sie zu mir: «Vielleicht hat man ja zwei Leben, eines tagsüber und eines in den Träumen ... Aber wissen werden wir das nie.»
Zwei Leben ... Nicht einmal eines habe ich gehabt! Ich habe mit meinen Tagen nichts angefangen. Meine Ungeduld hat sich nur in einer Wüste breitgemacht. Ich habe nichts anderes getan, als mein Vergnügen zu suchen und dabei in Einsamkeit, Leiden, Schuldgefühle und Angst abzugleiten. Nie habe ich mich darauf eingelassen, mir die Hände im Schlamm meiner Gefühle schmutzig zu machen, im Sadismus meines mageren Glücks, in der Schäbigkeit meiner Ambitionen. Nie habe ich es versäumt, meine Gemeinheiten mit einem Lächeln zu versehen und meine Träume mit dem Äther der Worte zu chloroformieren. Geliebt habe ich immer nur schnell und schlecht, voller Heuchelei und Trägheit.
Verpfuscht habe ich mein Leben genannt? Nichtig meine Ambitionen? Nein: trübe, niederträchtig, bestialisch. Doch stets von Gewis-

sensbissen heimgesucht, stets nach Reinheit strebend.
Ach, hätte es doch jemanden gegeben, vor dem ich hätte rein sein wollen!
Sarah, ja ... Sarah, zu spät ...

Die Ewigkeit ... Taumel ... Mein Leben: Funken zwischen zwei Ewigkeiten ...
Wieder höre ich die Glocke ... Wie heute morgen gegen sieben Uhr. Ein ganzes Leben ist das her! ... Seltsam, dieses Geräusch, so anders als der metallischere Klang der Glocke von Le Luc, die jetzt ohne mich läuten wird.
Auch Sie wird ohne mich lachen. Das muß Sie. Sie wird fröhlich sein, glücklich sein, Ihr Leben leben. Sie wird Ihrem heiklen Alter entwachsen, wird vom Kind zum reifen Menschen werden. Als Kind liebte Sie mich; als Erwachsene wird Sie mich vergessen.
Was soll's. Wo immer ich bin, wird Sie bei mir sein. Selbst wenn Sie mich vergißt, werde ich Sie begleiten, Sie über alles Leben hinaus lieben. Sie jenseits allen Lebens weiterhin beschützen.
Die Nacht ist da ... Ich habe Angst. Was wird geschehen? Wie werde ich diese erste Lektion der Finsternis überstehen?

Sarah zupft die Bettdecke zurecht und bleibt dann vor dem Bett stehen. Es sieht aus, als bete sie.

Ich hasse sie nicht. Vorhin hätte ich sie töten wollen. Selbst wenn sie meinen Tod inszeniert hat, kann ich ihr das jetzt nicht mehr verübeln. Sie hat das beschlossen, was ich schon lange hätte wollen müssen. Sie hat gut daran getan ... Ich liebe sie.

Allmächtiger ... Wenn sie selbst einmal stirbt, wird sie zu mir kommen, das weiß ich. Wo immer ich auch bin. Dann werde ich ihr sagen, was ich ihr bisher nicht sagen konnte. Vorwärts kommt man nur, wenn man möglichen Zukunftswegen den Rücken kehrt. Sie wußte das. Ich nicht.

Weiter unten, in East Side, schlägt die Glocke neunmal ... Nein, das ist im Speicher. ...

Sarah zuckt zusammen, geht hinaus und kommt mit mehreren Unbekannten zurück: Bärte, lange Haare, abgetragene schwarze Anzüge, ernste Gesichter; orthodoxe Juden. Einer von ihnen, der jüngste, der als einziger eine Brille trägt, hebt den Leichnam unter der Bettdecke hoch. Es läßt sich erkennen, daß er ihn auszieht; dann legt er den immer noch in die Bettdecke gehüllten Toten zwischen

dem Bett und der Wand auf den Boden. Mit raschen, geübten Griffen hat er das alles getan.
Die anderen haben sich auf Stühle gesetzt, die aus dem Büro geholt wurden. Sie ziehen Gebetbücher aus der Tasche und fangen auf hebräisch zu psalmodieren an.
Daß sie daran gedacht hat! ... Nach einem Mord eine Totenwache! Warum mitten im Perversen so viel Fürsorglichkeit?
Wohltuend schmeichelt das Gebet sich ein. Helle, warme Stimmen. Ach, wenn das doch nur mein Vater hören könnte!
Nacheinander kommen meine New Yorker Freunde herein: Léo, Jean, Frank. Sie hat sie also benachrichtigt! Linkisch setzen sie sich hin, nehmen jeder ein Buch und blättern still darin. Ich muß schmunzeln: Keiner von ihnen kann Hebräisch lesen. Wozu tun sie hier so, als ob sie beteten, während um sie herum professionelle Beter sitzen?
Jetzt wo sie alle da sind, kann ich der Wahrheit ins Gesicht sehen. Ich brauche niemanden mehr zu belügen. Ihr Theater ist meine Wahrheit. Ein Toter hat keinen Grund mehr, zu lügen: Niemand hat bei seinen Lügen noch etwas zu gewinnen oder zu verlieren.

Ich habe Angst. Jung sein bedeutet, beunruhigt zu sein. Alt sein heißt Angst haben.
Es freut mich, daß sie gekommen sind ... Morgen werden sie anfangen, mich zu vergessen. Selbst Jean, der über mich seine Frau kennengelernt hat. Selbst Frank, mit dem ich einst so viele große gemeinsame Hoffnungen hegte. Ich habe für keine Erinnerungen gesorgt, die ich ihnen hinterlassen könnte. Dabei glaubte ich, gar nichts anderes zu tun.
Sarah hat sich hinter sie gesetzt. Sie macht einen gelassenen, entrückten Eindruck. Sie lächelt Jean zu, der sie beifallheischend ansieht.
Hat wirklich sie diesen ersten Tag organisiert? ... Hat sie ihn nach meinen Wünschen gestaltet?
Selbst wenn sie mich getötet hat, ist ihre Liebe mein einziges Glück gewesen ...
Bald gehen alle wieder. Sie begleitet sie hinaus und läßt mich wieder allein zurück.
Auch sie wird gehen; schlafen kann sie hier nicht. Also werde ich lernen müssen, mich selbst zu ertragen ... Sich ertragen: das Schwierigste für einen Toten wie auch für einen Lebenden. Dafür ist man zu allen Erbärmlichkeiten bereit. Bis zu dem Tag, an dem man sich

gerade wegen dieser Erbärmlichkeit nicht mehr erträgt.

Sarah kommt zurück. Ich sehe sie kaum im Dunkeln ... Bleib bei mir! ... Ich höre immer schlechter ... Verliere ich etwa das Bewußtsein? Laß mich nicht allein ... Ich habe solche Angst vor der Nacht! Wirklich stirbt man nur in der Nacht ... Bleib! Wenn du gehst, erlösche ich! ... Sie geht durch das Zimmer und sperrt sich im Bad ein. Ich höre gedämpfte Geräusche. Sie kommt zurück. Sie hat sich umgezogen. Ah! Das schwarze Kleid mit den blauen Fransen, das sie vor einem Monat in Zacatecas gekauft hat, auf unserer letzten Mexikoreise. Warum zieht sie das gerade jetzt zum erstenmal an? ... Wir kamen damals aus dem Maskenmuseum und standen noch ganz unter dem Eindruck der langen Abfolge furchterregender Kriegergesichter, phosphoreszierender Federbüschel und aus Pappmaché gefertigter Tiger, als eine alte Indianerin auf uns zukam. Ich sehe sie noch vor mir, wie sie schmächtig und verhutzelt unten an den Stufen stand. Sie hatte ein Kleid auf dem Arm und freute sich, uns zu sehen, so als warte sie dort schon lange auf uns und auf niemand anderen ...

«Dieses Kleid ist für dich», sagte sie in schlechtem Spanisch zu Sarah. «Du mußt es tragen.»
Sarah lachte.
«Warum sagst du das?»
«Weil das kein gewöhnliches Kleid ist. Es ist wie eine Maske: Es verbirgt den Körper und offenbart den Geist. An dem Tag, an dem du es anziehst, wird der Himmel deine geheimsten Wünsche erfahren. Und er wird sie dir erfüllen, auch wenn du Angst davor hast. Aber paß auf: Dieses Kleid tut seinen Dienst nur einmal, und du mußt es so lange tragen, bis der Himmel dich versteht und dich erhört. Länger nicht, sonst ...»
Sarah und ich lachten laut auf. Die alte Indianerin zuckte die Schultern und machte sich davon. Da wurde Sarah plötzlich ganz ernst und lief ihr nach. Lange sprachen die beiden dann außer meiner Hörweite. Schließlich kam Sarah mit dem Kleid zurück. Ich fragte sie: «Hast du wenigstens gehandelt?»
«Überhaupt nicht. Ich habe sogar mehr dafür bezahlt, als sie verlangt hat.»
«Na, so was von geschäftstüchtig!»
«Das ist doch kein gewöhnliches Kleid!»
«Glaubst du etwa an diesen Zinnober?»

«Natürlich! Du glaubst doch schließlich an noch viel ausgefallenere Sachen ... »
«Das ist etwas anderes ...»
«Ja, du und ich, wir sind tatsächlich nicht gleich.»
«Wenn du das Kleid einmal anziehst, dann solltest du es besser nicht in meiner Gegenwart tun, wenn du nicht darauf aus bist, daß ich zuviel über dich erfahre ...»
Sie lächelte und wechselte das Thema. Bis heute abend habe ich dann das Kleid nie wieder gesehen.
Die Kerzenleuchter. Die Fotos. Die Totenwache. Jetzt dieses Kleid ...
Es ist nichts zufällig seit heute morgen.
Mord mit Trauerritual.
Sarah geht zum Bett, deckt den Leichnam ab, beugt sich über ihn und küßt ihn flüchtig.
Ich bin eifersüchtig auf ihn. Eifersüchtig, weil sie ihn liebt. Verzweifelt, weil ich tot bin und diese Liebe nicht erfahren kann.
Einmal hat sie Turgenjew zitiert: «*Ich würde so gerne jemanden haben, vor dem ich niederknien und sagen könnte: ‹Ich folge dir bis ans Ende der Welt.›*»
Dann lachte sie und sagte: «Einmal wenigstens.»

Wie habe ich nur damals nicht begreifen können, daß sie mich damit meinte?
Verzeih mir ... Ach, verzeih mir! ... Laß mich nicht allein!
Manchmal habe ich Menschen gehaßt, die mir etwas bedeuteten, und habe ihnen den Tod gewünscht. Ich war ganz stolz auf mich, daß ich an so etwas denken konnte, ohne zu erschaudern. Es sollte sich nur irgend etwas Neues tun. Ein neues Leben gewagt werden: Die Menschen, die uns am nächsten stehen, sind doch wie Riegel, die uns die Türen zur Zukunft versperren. Außer der einen, durch die sie uns mit sich ziehen.
Das ist vielleicht die Hölle: allein seinen ureigenen Weg zu Ende gehen und dabei in ein Schraubengetriebe hineingeraten, das einen mit immer höherer Geschwindigkeit ins Zentrum der eigenen Armseligkeit drückt.
Das Paradies: die gleiche Spirale bis hin zur Reinheit?

Sarah geht wieder zum Schrank, öffnet eine Schublade, nimmt ein Fläschchen heraus und stellt es auf den Nachttisch neben den Band mit den Briefen Nicolas de Staëls. Sie blättert lange in dem Buch. Was sucht sie darin? Jetzt hält sie

inne, unterstreicht zwei Sätze und umrandet sie sorgfältig. Dann steht sie wieder auf.
Ich gehe hin und lese: *«Sorgen Sie sich nicht ... sie sind beide jenseits Ihrer Möglichkeiten der Besorgnis ...»*
Warum ausgerechnet dieser Satz? ... Nein ... Nein!
Sie nimmt ein Glas und holt aus dem Fläschchen, das sie auf den Tisch gestellt hat, eine graue Tablette.
Nein, Sarah! Tu es nicht! Das bin ich nicht wert! Du kannst noch lange ohne mich leben! Wozu sollst du das anfangen? Die Ewigkeit kann doch warten!
Langsam trinkt sie und sieht dabei auf das Bett. Dann zieht sie sich aus – wie schön sie ist! – und legt sich neben den Leichnam. Sie nimmt ihn in die Arme. Ich sehe, wie sie sich an mich schmiegt, fühle ihre Schenkel an den meinen ... Beim Einschlafen streicht sie mit den Fingerspitzen sanft über meine Lider. Ihr Atem geht langsamer, hört schließlich ganz auf. Sie ist tot. Sie ist bei mir.
Wir waren beide verrückt genug, daß unsere Ewigkeit interessant wurde ...
Alles verschwimmt ... Gebe ich jetzt den Geist auf? ... Ist mir nur dieser eine Tag vergönnt? ...

Ist etwa schon alles vorbei? ... Behalte mich bei dir! ... Vergiß mich nicht ... Bleib noch bei mir ... Begleite mich dahin, wo wir hinwollten ...

Schlaf ... Eine Tür, die ins Schloß fällt ... Ich hebe den Kopf: Ich bin in meinem Bett. Wo ist mein Leichnam? Bin ich jetzt in meinen Tod eingetreten? Bin ich selbst die Leiche geworden? ...

Sarah ist nicht mehr neben mir. Der Leichnam liegt nicht mehr auf dem Boden. Was ist geschehen? Wo ist sie?

Ich erblicke meine Uhr auf dem Tisch ... Es ist zehn vor zwei.

So geht also der erste Tag nach mir zu Ende ...

Wo ist Sarah?

Angestrengt sehe ich auf die Datumsanzeige meiner Uhr: der 13.

Der 13.? Der 13.? Unmöglich ... Heute müßte doch der 14. sein! Am 13. bin ich gestorben, und seither ist ein ganzer Tag vergangen. Das weiß ich, ich habe ihn doch erlebt! Es ist zwei Uhr morgens am Dienstag, dem 14. Hier aber steht der 13. ... Also ist jetzt noch Montag, der Tag, an dem ich gestorben bin? Habe ich vom Tod geträumt? Kann man in seinem Tod träumen?

Es sei denn ... Der Tag vorher! Ist etwa heute der Tag vorher, Montag, zwei Uhr morgens? Aber dann lebe ich ja noch, dann habe ich ja alles geträumt!
Dabei spüre ich überhaupt keinen Unterschied zu dem Zustand, in dem ich vor kaum zehn Minuten noch war. Ich bin nicht tot? ... Ich soll alles geträumt haben? ... Und dieser Traum hält mich noch immer umfangen?
Es ist zehn vor zwei ... Ich lebe. Unendliche Traurigkeit.
Ich lebe ... Ich kann mich darüber nicht freuen ... Ich fühle mich so fern ... Ich bin so sehr gealtert seit gestern! Nein ... Seit vorhin ...
Es ist genau der Augenblick, an dem ich gestern aufgewacht bin und die zweite Schlaftablette genommen habe, an der ich gestorben bin.
Falls nun alles sich so abspielen würde, wie ich es geträumt habe, dann würde Sarah jetzt hinter der Tür stehen und horchen. Sie hätte schon die Tabletten vertauscht und mich sanft geweckt; jetzt würde sie darauf warten, daß ich das Gift schlucke und sterbe.
Das ist ja verrückt.
Und doch, mir ist, als spürte ich da jemanden im Dunkel.
Sarah ist da, ich bin sicher.

Sie belauert mich, sie steht hinter der Tür.
Das ist leicht nachzuprüfen: Ich schaue auf den Nachttisch. Es ist aber so finster, daß ich Farbe und Form der zwischen dem Glas und dem Buch liegenden Tablette nicht erkennen kann. Also taste ich danach.
Die Tablette ist rund, flach und rauh ... Kein Zweifel: Es ist die Tablette meines Traums.
Ich werde wahnsinnig. Verhöhnt mein Tod mich so? Habe ich wirklich zwischen elf Uhr abends und zwei Uhr morgens den ganzen folgenden Tag geträumt?
Habe ich noch eine Chance, mich zu retten?
Mich retten ... Wozu? Soll ich etwa wieder den Weg der Heuchelei beschreiten? Und Sarah verlassen? Und wieder zur Ihr und den andern gehen und in aller Langeweile und Mittelmäßigkeit weitermachen?
Oder lieber endlich einmal eine Liebe wirklich ausleben? Bis zum Ende ...
Jegliches Ende ist ein Anfang ... Vom wem ist das gleich wieder?
Sie werde ich beschützen, wo immer ich sein mag ... Und zwar besser, als ich es je vermocht habe ...
Mir ist eine Chance gegeben: eine Chance auf die Ewigkeit ... Mit Sarah ...

Morgen wird sie mir wie in einem Traum folgen, dachte er, als er die Tablette schluckte.

Ist etwa der Tod nichts anderes als eine unendliche Wiederholung des ersten Tages?

Bitte beachten Sie
die folgenden Seiten